中公文庫

掌の読書会

# 島本理生と読む 田辺聖子

田辺聖子
島本理生編



中央公論新社

田辺聖子
(1999年頃撮影)

❖目次

エッセイ

掌の読書会

# 島本理生と読む
# 田辺聖子

# はじめに

島本理生

以前、大阪樟蔭《しょういん》女子大学内の田辺聖子文学館を見学したことがあった。

資料館の入口前には、二〇〇八年に田辺聖子が八十歳で文化勲章を受章したときの手書き文が展示されていた。自身の顔について綴《つづ》ったものだった。

「私は生来「へ」の字眉で、笑うと一層、眉尻はさがり、鼻がよけい低くなります。亡き父は、少女の私に、いつも、よい笑顔だとほめ、読書好きの癖も、ほめてくれました。」

笑顔と読書。それはまさに彼女自身が生涯絶やさなかった二つではないか。九十一歳で永眠した田辺聖子が一生かけて刊行した約七百冊もの作品の屋台骨ともいえるものだろう。

田辺聖子は一九二八年に大阪市此花区（現・福島区）に生まれる。

一九四四年には憧れの樟蔭女子専門学校（現・大阪樟蔭女子大学）に入学して、短歌クラブに所属した。

しかし太平洋戦争の影響で、入学した翌年の一九四五年には動員令によって兵庫県尼崎市にあった航空機製作所の工場で働くことになる。同年、大阪大空襲で実家の写真館が全焼した。

二〇二一年に刊行された『田辺聖子　十八歳の日の記録』（文藝春秋）には、当時の様子が克明に記録されている。

細部にわたって発揮された描写力はプロの随筆にも引けを取らないもので、女学生時代にはすでにその才が芽吹いていたことがうかがえる。親しい友人に対しても辛辣《しんらつ》で冷静な観察眼を発揮し、時に自らを鼓舞し、読むことにも書くことにも熱心だった。

ただ当の本人は意外にも日記の中で、葛藤を綴っている。

「私は遠い蒙古のことか北京《ペキン》のことなら書くくせに、身近なこととなると手も足も出ないのである。描写力の弱いためか、私のつける日記は後で読んでもまどろかしいばかりである。」

巧みな描写で市井《しせい》の人々の機微を描いた人気作家も、青春の頃にはまだ自分の才能に対して手探りな一人の少女だったのだ。

当時、田辺聖子はいわゆる軍国少女だったこともあり、同盟国のドイツの無条件降伏を嘆く記述がある。

ナチスの恐怖政治は今もおぞましい負の歴史として人々の心に影を落としているが、海を越えた日本でその勝利を願いながら失われていった命があり、ねじれた正しさもまた当時の多くの国民にとっては純粋な正しさであったことが知れる貴重な記録である。戦争が著者の作風にどのような影響を及ぼしたかについては巻末でも少し触れたので、ご参照いただけたらと思う。

終戦直後に父親を病気で亡くした田辺聖子は、三人の子供を抱えて一人奮闘する母親を目の当たりにしたこともあり、自身も大阪の金物問屋に就職して会社勤めを始める。一九五一年に「文藝首都」の会員となって原稿を送り始め、一九五四年に勤め先を退社して二十六歳で本格的な執筆活動に入るまでに七年という月日が経っていた。

その一連の経緯はのちに田辺聖子が人気作家になってからも、その感性が一般読者と乖《かい》離《り》することなく等身大の男女の機微や幸福を書き続けたことに重要な影響を与えていると言えるだろう。

処女出版『花狩』の巻頭に使用された近影は、笑顔の多い著者にしては珍しくうつむき気味の一枚であった。いかにも若手作家らしい生真面目な表情で、まだ作家になりたての頃の緊張と高揚が垣間見える。

作家について語るとき、外見の印象から入るのはかならずしも適切ではないかもしれない。

とはいえ田辺聖子に関しては近影もまた重要な作家性を象徴していると私は考える。なんといっても彼女の写真にはじつに笑顔が多い。表情に取り澄ましたところがなく、いつだって惜しみなく楽しそうだ。

そんな彼女の手元や周辺には――色彩豊かな衣服、お酒、食事、調度品、スヌーピーのぬいぐるみなど――本人が慈しんでいたと思われる物たちが写り込み、能動的に愛することのエネルギーが満ち溢れている。

著者自身が生涯を通して「楽しさ」を追求し、日常を謳歌《おうか》することの大切さを人生そのものでも表現した。それは作家の最大の魅力であると同時に、たくさんの命を犠牲にして迎えた戦後をどう変えていくかといった問いに対する意思表明だったようにも私は思う。

そして一九六四年に三十六歳で『感傷旅行《センチメンタル・ジャーニィ》』で第五十回芥川賞を受賞した後は、公私ともに多忙を極める。四十代以降の仕事の履歴はまさに働き盛りという表現にふさわしく、一人の人間がこれだけの量をこなせるものなのか、と圧倒される。

その最中には「カモカのおっちゃん」こと川野純夫と新婚時代を過ごした神戸の異人館が泥棒に入られる災難もあったが、そのことでさえ若かりし頃の筒井康隆氏との対談では「(泥棒は)金目になりそうな本はよう知っとんのよ。がっちりした本ばかりもっていって、私の本は置いとんのよ(笑)」

などと憤りつつもユーモアを添えることは忘れない。その明るい人柄に魅了される一場面だ。

後に田辺聖子がブームの火付け役と称されるほどツチノコに入れ込んだこともあった。これについては聖子自身が山本素石『逃げろツチノコ』の冒頭で、「私はすこし子供っけのぬけぬ、バカな所があるせいか」冒険心を煽られたといい、それだけではなくツチノコを追う人々について、「マトモな生活をして人生の重荷を負うて生きる、中年の男性が、こんな夢に憑《つ》かれているのが、たいへん、可愛いらしく、私には魅力的なのである」と考察している。なるほど、言われてみれば彼女の書く愛すべき男たちそのものではないか、と納得がいく。

本書はそんな田辺聖子の作品群から、近年に刊行されたアンソロジー集にはあまり収録されていなかった短編を中心に選んだ。もっとも例外もある。『感傷旅行』は芥川賞受賞作だが、初期の田辺聖子を語る上で重要な作品でもあるため入れさせていただいた。短編ではないが『神戸』もまた今読むといっそうの共感を抱く優れたエッセイである。

どれだけ味わい尽くしたと思っても、ページを捲《めく》ればまた新しい輝きを見せる田辺聖子の世界に浸ってもらえたら嬉しい。

## 夢煙突《チムニー》

「マティーニでも飲《や》りたい気分」

と私は新治《しんじ》にささやいた。

「ワイルドだぜえ〰〰」

と新治も私に小さくいった。

「オマエ、花嫁やろ、ちょっとしおらしィにせんかい。しばくど」

私は笑いを怺《こら》えるのに難儀した。しばく、というのは大阪弁で、打ち叩《たた》く、というような意味であるが、このごろの大阪っ子はやたら、この下品なコトバを濫用《らんよう》し、お茶をのむときでも、

（茶ァでも、しばこか）

といったりしている。

ほんとに、お酒をしばいてる場合じゃないのであった。

私と新治は新郎新婦で、小さい教会でこれから式をあげようというところなのだ。ウェディングマーチがひびいて、教会のドアがさっと開けられたら、白布のヴァージンロードを踏んで会堂内へ歩いていかなければならない。そのために、ドアのこちらでスタンバっているというわけ。会堂内には私たち二人の友人や身内がすでに着席している。花嫁は花嫁の父と腕を組んで入場するものだが、私は早くに父を亡くしているし、新治も母がいないし、それに、この教会の牧師さんは、あまりものにこだわらない人らしく、お二人で出ていらっしゃればいい、このあいだも、花嫁さんが車椅子《くるまいす》の人で、ご主人が健常者というカップルがあったけれど、ご主人が車椅子を押して入ってこられた、などという話をした。

東神戸《ひがしこうべ》の、海のみえる小さな教会で、牧師さんのおくさんがオルガンを弾き、娘さんや息子さん、そのほか五、六人が白いガウンを着て、うしろで歌って下さるという、家庭的な教会、手づくりの結婚式である。このあと、近くのレストラン、これも小さいところだけれど、とびきりおいしいし昼間だから借り切っても安くつく、そこで披露宴ふうな食事、ということになっている。

会堂のなかでは新治の友人の安田くんと、私の友人の折原まち子が、新郎新婦の介添として祭壇の近くで待っていてくれるはず。

「ワトソンくん」

と新治はいう。

これは彼が私に冗談をいうときに、きまってよびかけるイントロフレーズである。

「こんな川柳知ってるか。――『どうや君　雲一つないお元日』――今日は元日やないけど、よう晴れとるなあ」

「ほんま」

教会は坂の中腹にあるので、赤れんがの門と楠《くすのき》の向うに、光る海がみえる。春の日ざしにしっかりあたためられ、水蒸気のたちのぼりそうな海だった。おめでたい海だと思った。

「だれの句？」

「豆秋《とうしゅう》とかいう人」

「いいね」

そんなことをいい合っているのだから、余裕があるというのか、ノンキというのか、二十八と三十の結婚式って、こんなもんだろうか、なンか、

（トロトロしてる……）

というかんじ。

そういえば、新治が、このまえ、

(なあ、ワトソンくん)

と私にいって、

(ぼちぼち一緒に住もか?)

(うん?)

(結婚してもええの、ちゃうかなーと……)

(あ。プロポーズされたのか、あたしは)

(何や、もっとうれしそうにせえや)

(してますよ、コビコビ、スリスリだよ)

(うれし泣き、せんかい)

(尻尾《しっぽ》があったら、振りたいくらいだよ)

そんなことをいって笑っていた。

新治は私と同じ会社にいたが、学校の先輩にひっぱられて編集企画の仕事にかわった。五、六年前だ。やっとこのごろ、何とか人なみの収入になったからいっしょに住もか、というのである。

いつかは結婚すると思ってたから、私はべつにいそがなかったのだが。……

迷ってみせ、冗談をいっていた。

（いよいよ、あたしも人妻になるのか、人妻というコトバがワイセツでいやなのよね、団地人妻悶絶《もんぜつ》日記、なんてホラ、新聞の映画の広告に必ず出てるじゃない）

（バーカ）

新治の部屋でたのしくいちゃつきながら、そんなことをいって結婚ばなしを面白がっていた。

新治とは、彼が転職してからも、つきあっていた。

何となくウマのあう男なので、恋人にするより友人でおいときたい、と思うような男だった。

ウマのあう男って、貴重品だ。

この、ウマのあうってことを説明するのはとてもむつかしい。

ウマがあうとか、虫がすかぬとか、相性《あいしょう》がいいの悪いのと、日本語にはあいまいなコトバがいっぱい、ある。

こまったもんだ。

（いや、それはね、ワトソンくん）


（どうしょうかな）

と新治はいう。

彼はもともと、モノを教える、とか、意見をのべたてる、とかいう口吻《こうふん》になるのをとても照れくさがる。

それで、そういうときは、勿体《もったい》ぶって、

〈ワトソンくん〉

とシャーロック・ホームズごっこをやって身をくらますのである。

（あいまい、って大事なことや、思うデ。あいまいな表現のほうが、物ごとを的確にとらえることあるよってな）

と新治はいい、私は思わず、

（そうそう）

という。

こういう、ウマのあう人は友人でおいておくべきかという気もたしかにある。しかしまた、

（恋人にしたら、もっとウマがあうかもしれへん）

と新治にいわれると私は笑ってしまって、

（かもね）

といった。

新治はひょろりと、背ばかり高くて、厚みのないからだつきだった。顔の肌がすべすべしているので年より若くみえる。

やさしい顔立ちに、つつましく眼鏡が光り、その眼鏡も平凡な型で、いかにも持主同様に、〈悪気は一切、ありません〉というような風情。

人のよさそうな、透明なところがあり、何年つきあっても飽きないが、また、どっとつんのめるほど恋におちるという仲にもなれそうにない。

それでも私は新治が好きだ。

いまの若い女の子からみると、インパクトに乏しいかもしれない。

女の子たちの好みはまたかわってきたらしく、ただ細い、っていうのもいや、といってぶよぶよ男や、筋骨りゅうりゅうの力こぶ、なんていやだといっている。

細身で筋肉質がいいそうである。それで以《もっ》て男の子はアスレチックジムへ通って、必死に体を鍛えているのが多いらしい。

体型がととのうと、おしゃれしたくなるらしく、寸分のスキもないおしゃれ、というような青年がふえた。

新治はごく自然に任せているけど、病気なんかしたことがないという。

それでいいのだ。

あんまり体型でもおしゃれでも、ビシバシときめている人は、ちかよりがたい気がする。

(だって自分にきびしい人は、他人にもきびしいでしょう？ ヒトをみてきっと心の中で、おナカをもっとひっこめればいいのに、とか、ウェストがもうちょい細ければ、なんてきびしく採点しているにちがいない。人をバカにしてるかもしれへんね)

といったら、こんどは新治が、

(そうそう)

といった。

双方で、

(そうそう)

や、

(かもね)

を、いいあえるのを、〈ウマがあう〉というのである。

仕事はべつとして、二人で、

(すべて何ごとも、人をきびしく採点したり、バカにするのはよそう、ぼくらは)

といいあった。

ずっとまえ新治は、アスレチッククラブへも通ったことがあるが、

（ひたすら、忍《にん》の一字で黙々とやってんのが面白う無《の》うてなあ、退屈やった。忍の一字もやめよや）

という。

（さんせーい）

何しろ私は、苦痛っぽいことがきらいだから、そういう提案は大好きだ。

こういうのんきな、茫然《ぼうぜん》とした関係、したいことやってる、っていうふうな関係、そうしてウマのあう男。——こういうタイプの結婚なんて、

（あり、なの？）

という気もする。

結婚って、もっと昂揚感《こうようかん》にみちたもんじゃないかしら。

新治は天満《てんま》の、賃貸マンション、2LDKに住んでいる。窓の下は大川で中之島《なかのしま》がみえる。

仕事場は桜橋《さくらばし》なので近い。

父親は兄一家と住んでいるが、もう亡くなった母親は、仕事を持っている人だった。それで、新治は小さいときからしつけられて、炊事も洗濯もでき、自分のことは自分ででき

るようになっている。

(働く母親はええなあ、男が自立できるし、な)

と新治はいい、

(そ。それに風通し、いいよ)

と私はいった。私の母は大阪の中央区にある事務機器販売会社に長年勤めている。私に、早くヨメにいけの、見合せよ、などということはあまり、いわない。

母は自分の人生——つまり、自分の職場のことに関心がつよく、定年までまだ数年あるが、こんどは定年になったら、何をするかということで心を占められているようである。

それに働いているから友人が多い。

私にばかり、かかずらわっているヒマがないのだ。

新治が遊びにくると、三人で大阪城の花見にいったり、「づぼらや」のてっちりをたべにいったりした。新治のことを、

(ええ子やないの)

と母はいうが、結婚するの？ なんて聞いたこともなかった。

それは私と新治との間でも出なかった。

新治とふかいつきあいになって二年たらずであるが、新治にいわせると、

(多美ちゃんはかわってる)

(どうして?)

(こんな仲になっても、結婚するのか、とも、これからどうするのん、ともいわへん。そこが感心でもあるし、少し気になる)

(いえばよかったのかナー)

(誰か、ほかの奴《やつ》、おるのんか、思《おも》た。ふた股《また》、かけとんのか、思《おも》た)

(実は、ワトソンくんとしては、ですね、ふた股どころか、三つ股、四つ股かけておりましたのだ)

(ブイブイいわせてたわけですな)

(わるかったわねえ)

(かまぼこブス、めだかブスのかわいそうな女の子を拾いあげてやろうと思《おも》たんやけど、そんなら、やめとこか?)

(あ、するする、結婚する)

結婚がこんな、かるいノリでいいのかナー、と思いながら私は新治の胴に腕をまわし、彼の胸に顔をうずめて、くつくつ笑った。それからふたりで窓に腰かけて、目の下の大川を見た。平べったい屋根の水上バスがゆきかい、中之島には人かげもない。この水上バスは夏の夕方には人々が缶ビールやお弁当をもってのりこみ、「トワイライト航路」といって、大人気ののりものになる。大川や土佐堀川《とさぼりがわ》を上下するだけのものであるが。

（あたし、かまぼこブス？　めだかブス？）

と私がいったら——これは漫才のいくよ・くるよのネタで、おたがいにワルクチをいいあって客を笑わせるやつ。かまぼこブスは板についたブスだし、めだかブスは、すくいようのないブス、ネタを知っていても舞台で、いくよ・くるよが言い合うのをきくと、客はついどっと笑ってしまうのだ。

新治は、まるい眼鏡の奥から澄んだ目を私にあてて、

（顔なんか、ついてたか？　多美ちゃんに）

（なにを。もっ、このっ）

（ごめん、つい、顔、わすれるねん。見たら、そやそや、こんな顔やった、思うねんけどな）

（空気みたいになってるやないの、腹立つな、感激なくなってんやろか、しょうむないわ……）

（感激なんか、要らんやん、結婚に）

（だって……やっぱり、結婚式のとき、感激の涙はらはらとこぼすような結婚でありたい

という夢があるわ)

(夢かあ……)

(あたしら、二年つきおうてるうちに、すれっからしになってしもたんやろか)

愛のすれっからし、といいたいところだった。

(すれっからしとは思わへんな)

新治はきっぱりいう。

(結婚なんて大げさにいうから、いかんねん。これからいつもいっしょに暮します、いうことみんなに知らせる会《パーティ》や。そんで、めいめい、自分らだけがうちうちで、おもろかったら、いいんちゃいます？)

(漫才師みたいないいかた、しないでよっ)

こんどは新治も笑い、私も笑った。新居はこの2LDKのマンション、私が移ってくることにしようと話した。母はかねて、結婚するときは母一人おいて出たらいい、ということを仄《ほの》めかしていたのだ。

結婚式の費用はぼくが出す、式場は、このあいだ安田の結婚のときの、東神戸の山手の小さな、海のみえる教会がよかったから、あそこを紹介してもらおう、と新治はいった。披露宴のお金は私も折半する、と私もいった。

何だか社員旅行の幹事をふたりそろっていいつけられたみたいで、あんまり結婚式というときめきもなく、たしかに私は新治が好きではあるし、ウマはあうけど、

(――これでええのんかなあ……)

という、一抹のためらいも生まれている。

といって、新治以外の男を考えることもできない。いまでは。

いまでは、というのは、私にも彼のほかにひとりふたり、つきあった男がいたから。一人は会社をやめて転職し、一人は東京へいった。三つ股、四つ股かけていた、というのは、厳密にいえばたいしたつきあいではないにせよ、一時は目移りしていたのだから、うそともいえない。

そして新治のほうも、折原まち子と、いっとき、仲がよかったのを私は知っている。ごくむかしのころで、まだ新治が会社に籍をおいていたころ。彼が、あるとき、

――大阪駅の、×番線ホーム、時計の下やね? 十時?

こっそり、玄関ホールの赤電話で話しているのを偶然通りかかった私は聞いてしまった。あのときのカンというのも、説明のしようがないけど、すごいものだ。まだ土曜日は休日でなかったころで、これは日曜のデートの約束だな、と思った。×番線、というのだから京都いきだろう。そしてこれもカンで、相手は折原まち子だろうと思ったのだった。い

つだか、会社の女の子たちで、男性社員の噂《うわさ》をしていたとき、折原まち子が熱心に新治をほめていたことがあった。

私は当日、十五分ほども早く、ホームの時計の下にいた。なんでそんなことをしたのかわからない。新治がきたとき、おうやおや、どこいき？　と明るい声をあげた。新治はぎょっとしたみたいだった。そこへ折原まち子がやってきて、私を見、顔色をかえた。私はすぐ、あたし普通に乗るのよ、じゃね、と離れてきたけど、そのあとの新治たちのデートが成功したかどうかは知らない。

ただ、そのとき自分で発見したのは、新治をひとに渡したくない、奪《と》られたくない、という衝動だったのだ。愛情か所有欲か、ともかく、私の行動は、折原まち子への示威だったことはたしかである。

そのおかげかどうか、折原まち子と新治のなかは進展せずじまい、それももう何年もむかしのことだ。そしていま私たち二人は社員旅行の幹事みたいに、結婚式の打合せをしている。

（ぼくなあ、トロトロいったらええ、思《おも》てんねん）

と新治はいった。

（トロトロって……）

（うん、そんなにてきぱき、特急でやらんでもエエ、思う。人生は。無理せんように、つっぱらんように、トロトロいこか。これ、ぼくの主義やな）

いううちに早春の空は暮れてきた。新治はマティーニをつくってくれた。ちょっとした料理もやってのける新治は、カクテルシェーカーも振るのだ。きりきりとつめたいドライジンとベルモット、私はどの酒場で飲んだマティーニよりおいしいと思った。

――トロトロ主義ねえ……。

ほんというと、私の心の中でまだ、

……いいの？　新治は好きだけど、彼にきめてしまっていい？　わたしたちはたしかにウマがあうし、いっしょにいてたのしいし、しゃべっていてふと天使が横切って沈黙がおちてきても、その沈黙の責任をどっちもとらなくていい、――というのはやすらかな関係で、こういう関係こそ、人間にとってこよない慰藉《いしゃ》だけど、ほんとにきめてしまっていいのかなあ、……という気がまだあったのだ。

それでも、マティーニをすすりながら、ウェディングドレスのことを考えていると、トロトロと心もときめいてきたのであった。

ウェディングドレスは白いコットンレースのワンピースである。ミモレ丈《たけ》で、シンプルな長袖《ながそで》、友だちのお姉さんにつくってもらった。あたまの白いチュールと造花は手芸用品店で買って私の手づくり、靴だけは白、中ヒールを新調した。花束《ブーケ》の白薔薇《しろばら》は花屋さんにたのんだ。

そうしてヴァージンロードをゆく合図をまちながら、

「ね、教会へ払うお金、持ってるわね？『寸志』の袋」

などと、まだ私は新治にささやいている。

新治はいそいでタキシードのズボンのポケットを上からおさえ、

「そや、あずかってもろてる」

と身内のおばさんの名をいった。

会堂のドアがひらかれ、大きなオルガンの音がおごそかにひびきわたった。もう何度もきき、よくよく知っている曲だけれど、この春のおひる、小さい教会いっぱいに鳴りひびくウェディングマーチは新鮮だった。

なぜなら私のためのものだからだ。

会堂の人々はいっせいにふりかえって私たちを注視し、拍手した。身内が二十人ばかり、私と新治の友人が男女とりまぜ、三十人ばかり、ころあいの人数の、あたたかい雰囲気がはやくも感じられる会堂だった。

祭壇のまえに牧師さんがいられた。安田くんと折原まち子がにこにこと控えている。まち子は濃いピンクのシルクのドレスを着ていた。ヴァージンロードのあるきかたは、朝方何度も練習させられたので、おちついて歩をはこぶことができた。

母と叔母が並んでいて、叔母は、拍手しながら母の耳に、

「まあ。多美子ちゃんの若《わこ》うてきれいやこと。……もうすぐ三十とはみえへんわ」

とささやいているのも聞えた。あとの言葉だけよけいやないかと思うほど私はおちついていた。しかしこの叔母は「気良し」の人なのを知っているから腹は立たない。身内の席から、

「ええお婿さんに、似合いのお嫁さん」

という声があがったのも聞いた。私たちは牧師さんの前へいき、牧師さんが聖書を読みあげられるのをあたまをたれて聴く。

そのとき、私の心に、遠いかすかな記憶が顕《た》ちあがってきた。私はそれに心をとられたりせず、しっかり牧師さんの言葉を聞き、

「あなたはこの江田新治を夫とし、その富めるときも貧しきときも、すこやかなるときも病めるときも、これをうやまいこれを愛し、ともに生きてゆくことを誓いますか」

といわれたとき、しっかりと、

「はい。誓います」
というこどもできた。
新治の誓いの声も聞いた。
それでいて私ははっきり思い出していた。
二十一歳の夏。私は恋していた。
三つ股、四つ股かけたものではなくて。
〈松本くん〉
という名も、にわかに浮かびあがってきたのだ。
この、とりこみごとの最中に何てことだ。

大学のゼミの仲間の松本くんとは仲間同士として親しかったけれど、とくべつに、愛人というのでも恋仲でもなかった。
そのくせ遊び仲間として五、六人集るときは、私が女一人、なぜか加わった。ジャズの好きな連中だったので、松本くんの家に集って、ジャズの古いレコードなどきかせてもらった。芦屋《あしや》の松本くんの家は大正時代に建てられた洋館で戦災をまぬがれたもので、見た目は典雅で面白いのだが、内部《なか》は荒れていて、採光がわるく、うす暗かった。重々しい綾《あや》織《おり》のカーテンも、金糸の光るクッションもすりきれて埃《ほこり》っぽかった。玄関のドアの上部と、応接間の窓の一部は幾何学模様のステンドグラスがはめこまれていて、西日の射《さ》すいっときだけは何とも美しかった。

松本くんの両親は離婚したそうで、その古めかしい、美しく荒廃した家に、彼は父親と二人で住んでいた。

たしか月水金に、ひどく年とった家政婦さんがきた。立居も不自由そうにみえた。

松本くんの家が広い上に、芦屋の駅から近いのでみんなに便利に思われていたのだが、年とった家政婦さんに遠慮して、月水金には集らないようにしよう、などといったのをおぼえている。

松本くんは、

(そないいうけど、このまえ地震あったとき、家からいちばん先にとび出したん、あの人やで)

などといって私たちを笑わせるのだった。

あるとき、はじめて松本くんのお父さんなる人をみた。ゴルフがえりらしくて、車の音がして玄関へあがり廊下を通る人があった。

音量を大きくしていたせいか、その人は部屋に首をさしこむようにした。

音が大きすぎると咎《とが》められたのか、とみんな恐縮したら、日やけした初老のその人は機嫌よく、

（いや、かまいません）

と、ひびきのいい声で、まったりといった。いま考えると、まだ五十にはなっていなかったんじゃないかと思うけど、私にはとても老《ふ》けた人にみえた。

ただ、松本氏の顔は、なんといったらいいのだろう、私のきもちを吸いこむようなものがあって、氏が順ぐりに来客の顔をにこにこと一べつし、それが私の番にきたとき、私は魂がふるえてしまったのだ。

慕わしい、とも、好もしいとも……。

あとで考えてみて、中学時代に父を亡くした私の、ファザーコンプレックスかもしれないと思ったが、私は松本くんのお父さんに、いっぺんに好意をもってしまったのだった。

その夜、松本氏に私たちは出前の鮨《すし》をふるまってもらった。ひどく年とって立居も不自由そうな（しかし地震のときは誰よりも早くとび出したという証言のある）家政婦さんはその日いなかったので、私がみんなにお茶を出した。

ついでに、戸棚や引き出しをあけて、ありあわせのもので、ちょっとした酒の肴《さかな》や、清汁《すまし》をつくった。働いている母を持つ子は、新治ではないが、自分のことは自分でするよ

うにしつけられるので、こんなことぐらい何でもなかった。

でも松本氏はおどろいたようだった。

(このごろには珍しいお嬢さんですな)

とほめた。私はとびきり嬉《うれ》しかった。

氏が私の顔を見るたび、私はせつなさに顔に血がのぼった。

話しかけられると涙が出そうになった。

これは不快や悲しみの涙ではなくて、……また、嬉しい涙ではなくて……せつなさ、としか、いいようがない。なやましくて途方にくれるような感情だった。自分でどんなに自分を叱咤《しった》してもどうしようもなく、目は伏せられ、頭に血がのぼってしまうのだった。

松本氏は私たちにビールやウイスキーをふるまい、昔、もうすでに若さは去っていた頃だけれど当時はやったビートルズにいかれたこと、またもっと以前のポップスやジャズの話など、屈託なく若いものをまえにしゃべってくれた。

ちっともいばったふうのない、きもちのいいオトナだった。電鉄会社の重役というのは、かえり道に友人からきいた。

どうしたらよかったろう？

私は恋におちてしまったのだ。松本くんにならわかる。

なぜか、その親のほう、私の親と同じ年頃の人が好きになってしまったのだ。

どうしてこんなことになったのか、わからない。

私は松本氏の視線をおそれた。オトナはすべて若者を洞察し、一べつで真相を見ぬくようにおもわれ、私の胸のそこの秘密を知られるのが、死ぬほど怖かった。

私は松本くんに接近した。仲よくなって、また彼の家へいき、彼のお父さんと会いたいからだった。

そのくせ、そんな機会がくると私は、くるりと背を向けて逃げだしたかった。また、そのくせ、どうしても逢《あ》いたかった。顔が見たかった。

松本くんも友人たちも、むろん、松本氏自身、私の気持には気付いているはずもなく、日曜に押しかけた私たちを、氏は、

（やあ、いらっしゃい）

と気さくに迎え、書斎へはいってゆくのであった。私たちも、いつもいつもご馳走《ちそう》になるのは恐縮なので、長居をしないようにした。

松本氏の眼は強く張って巨《おお》きかったが、目つきがやさしげだったので、印象としては柔和だった。どこか辛抱強い、忍耐のいろが表情にあり、それを人に見られないよう、にこにこしているといった、何となし物がなしい雰囲気がある。それは私には、氏が夫人と離

婚したせいではないかと想像された。それも夫人の一方的な理由で別れたような気がする。私はおくてで、それまで「彼」というものができず、からっぽの心をもてあましていたが、そこへ最初にはいりこんだ恋が、そんな年長の人であったのを悲しく思った。松本氏のような人があいてでは、どんなにしても、私の恋は叶《かな》えられそうになかったからだった。

いっそ松本くんなら、よかったのに。

でも私には、松本くんは無邪気なだけの、裏も表もないコドモにみえた。

ある晩、私は松本家の庭にいた。たてものは洋館だが庭は和風で築山《つきやま》や石燈籠《いしどうろう》がある。庭の隅々に水銀灯がついているのだが、その灯が一つ切れると、いつまでもそのままになっており、庭は暗いままだった。投げやりな沈滞した気分が感じられた。

書斎のドアがあいた。庭におりられるようになっているらしく、松本氏が庭下駄《にわげた》を鳴らしてやってくる。夏だったので、氏は白いシャツとズボン姿だった。私は庭が暗いのでよかったと思った。頰に血ののぼるのを見咎《みとが》められなくて。お邪魔しています、と挨拶《あいさつ》すると、

（雨のあとのせいか、星がきれいにみえますね。蛍が空へ上ったようですな）

松本氏はいい、私もしばらくいっしょに夜空をあおいだ。どこかに植えられているのか、

くちなしの強い匂《にお》いがした。そのとき流れ星。
（あ）と私は叫び、
（お）と松本氏もいった。
それが私の心をかるくさせ、
（流れ星の消えないうちに願いごとをいえばよかった……）
と、われながら、はかない、はずかしそうな声でいってしまった。
（若いひとはたくさんありすぎて、とっさに出てこないのとちがいますか）
と松本氏はかるくひやかした。
いいえ。たくさんではありません。
あなただけなんです。
おじさまとはいえなかった。面と向えば〈松本さんのおじさま〉だったが。
でも願いを星にかけるといっても、松本氏のことはどんな願いをすればいいのだろう。
愛してることを知ってもらう。……そんなはずかしいことはできない。
友だちにも打ちあけられない。異常、とひとことでしりぞけられてしまう。……
私は口ごもって空を見た。
さっきの流れ星のかけらやら星屑《ほしくず》が、夢の煙突《チムニー》から、さかんに夜空に吹きたてられている気がした。煙突の下の火もとは私の胸であった。はじめて恋を知ったというのに、私は愚かにもむくいられない恋をわざわざ選択してしまったのだ。長いこと、松本氏に逢えないときは、まるで私は廃人同様で、何も考えられず、何も手につかなかった。

そのころの女性ファッション誌には、面白おかしく、〈渋いおじさまの魅力。おじさま受けするファッションスタイルはこれ〉なんていうのが載っていて、それはときに年輩の男性を利用してレストランや会員制クラブや美術館へつれていってもらい、いい思いもし、教養の向上をはかろう、つまり趣味と実益の一石二鳥をはかろうという提唱であったらしい。そういうことと、私の気持とはどんなにかけはなれていたことか。

その夏は暑かった。

みんなで沖縄へ泳ぎにゆく約束だった。私はアルバイトの家庭教師をしてその旅費をかせぎ出そうとして、しばらく松本くんにも会えないでいた。まだ天神《てんじん》サンのお祭が来ないときだったから、二十日ぐらいではなかったろうか、七月末が松本くんの誕生日なので、それをすませて沖縄へいこうということになっていた。

突然、深夜に仲間の一人から電話がかかり、

「松本が交通事故で重傷らしい」

というではないか。

とっさに私は松本氏のことかとはっとしたが、事故は松本くんであった。酔っぱらい運転の車にはねられたというのだ。

病院を教えてもらい、私はすぐ家を出ようとした。

母はこんな夜ふけに危ない、といったが、とてもじっとしてはいられない。松本氏の役に立ちたい、松本氏を悲しませないよう、松本くんが無事であってくればいい、と願った。

西宮《にしのみや》の救急病院はもう一組、心臓発作の人がかつぎこまれていて、混雑をきわめていた。

松本くんは脳挫傷《のうざしょう》で危篤状態だということを教えられた。

仲間の男の子が、（これは家が近いので自転車で来ていた）そういったのだ。

控え室には、松本家の身内らしい人がつめており、ただならぬ気配、そこへ松本氏がやってきた。処置をすませた松本くんの病状について医師から話をきいていたらしく顔の相《そう》が変っていた。

氏の視線が、私にゆきあたり、私はみるみる涙があふれた。ハンカチで顔を掩《おお》うひまもなく、両手で顔を掩ってしまい、涙は指のあいだから、リノリウムの床に滴《したた》りおちた。

私は松本くんの奇禍《きか》を悲しんだのではなかった。

松本氏が気の毒で、いとおしくて、たまらなかったのだ。

松本氏が一人息子をとても愛しているのを私は知っていた。松本氏の心中を思うと、たまらなかったのだった。

松本氏は私のそばへやってきた。

(ありがとう。心配してくれて)

といい、かたわらの身内らしい人々に、

(ノボルの学校友だち――)

と静かにいった。その声はおちついていたが、沈んでおり、私は否定的な松本くんの状態を知った。

松本くんは結局、四日、脳死状態で生きていた。

私は毎日、控え室に詰めていた。思い出したように泣き、奇蹟《きせき》を祈っていた。松本くんの友人には帰省した人も多くて、見舞は少かった。

松本氏は毎日来ていた。氏はしだいにやつれて老けていった。髭《ひげ》が伸びると、白いものがまじっているのがわかった。

私は——いま思うと狂気じみているけれども——私の寿命を半分に縮めてもいいから、松本くんが奇蹟的にたすかってくれればいい、とまで念じた。

松本氏のために。松本くんのためじゃなく。

ある日、見なれない婦人が集中治療室から出てきて泣き崩れていた。人々の話で、それが松本氏の別れた夫人であり、松本くんの母親らしいことがわかった。

葬式の日は、その夏最高という暑さだった。

私は弔問客の席に坐っていないで、麦茶をお坊さんに持っていったり、受付と奥を連絡したり、雑用係を買って出た。

松本氏はいつものように、おちついて忍耐ぶかい表情で、モーニングを着て遺族席の椅子に腰かけていた。

夫人もその横に、夏用の喪服で坐っている。

泣きつかれて放心したようなさまにみえたが、美しい人だった。

天幕《テント》のなかにいる弔問の女客たちは坊さんの読経《どきょう》のあいだ、松本氏と夫人の噂話をしていた。

それによると、松本氏夫婦は離婚したのではなく、別居中なのであること。

一人息子の奇禍で、また夫婦の心が寄り添い、もしかすると、

（もとの鞘《さや》におさまりはるのかも、しれませんなあ）

というひそひそ話だった。

出棺のときがきて、松本氏はみじかい挨拶をした。ノボルはかけ足で青春をかけぬけてしまったけれど、みじかい人生に、たくさんの友情に支えられ、愛されて、充実した人生だったのではないかと思っている。当人は心のこりもあったかもしれないけれど、そのぶん、ノボルの魂はみなさんを守るにちがいない、というようなものだった。

この日は学校仲間も揃《そろ》い、また高校友達の女の子らも集っていたので、嗚咽《おえつ》が洩《も》れた。

松本氏は人々に一礼し、見廻して私をみとめると、深いまなざしで目礼して、野辺送りの車に乗って去った。私はそれにこたえることもできず、また涙が出た。

松本氏と夫人が別居を解消して仲直りするとすれば、松本氏のために喜ぶべきことであるのに、……私は悲しかった。エゴな涙と知っていた。それに、松本くんのことは抛《ほ》ったらかしになってるのも知っていた。

それでいて悲しかった。

初七日の日の法事は、そっといって焼香だけして帰ろう、松本氏にあえなくてもいい、と思ったのだが、氏を見るとまた、涙が出てくる。

それは、

（もう、あえない。これきりだ）

と思うからだった。

とうとう、運命はクロスすることなく、このまま別れてしまうのだ。でも、しょうがない。……恋してもどうしょうもない人を好きになってしまったからだ。

私は庭の隅に立って、涙をとどめかねていた。

そっとやってきたのは松本氏だった。

（ありがとう、多美子さん。そんなにノボルのことを思ってやって下さって）

（………）

（しあわせなやつだったと思いますよ、多美子さんにそんなに悲しんでもらえて。きっと喜んでいますよ、ノボルに代ってお礼をいいます）

松本氏はしゃくりあげている私の肩を抱いてくれ、元気づけるように背中を叩いた。

氏は私が松本くんを愛していて、その死をひたすら悲しんでいるもの、と信じているようだった。

一周忌には私は行けなかったので、お墓に花だけ、供えておいた。

秋になって、梅田《うめだ》で偶然、松本氏に会った。

氏は再会をとても喜んでいるふうだった。

ちょうど夕方だったので、夕食に誘ってくれた。タクシーでロイヤルホテルのレストランへつれていかれた。

お忙しくないのですか、というと、いまは会社をはなれて楽な体になりました、今日はちょうど知人のパーティでしたが、いやまあそれはべつに出席しなくてもいいので、——という話で、いつもの松本氏であった。すこし老けた気はするが、やつれはみられず、悲しい運命をのりこえていよいよ、人がらの奥ゆきがふかくなったような魅力があった。

あたたかいシーフードの前菜がはこばれてきた。氏はワインをすこし飲んで、あの芦屋の住居は、家内が（と氏はなめらかに発音した）ノボルの思い出があまりに多すぎて辛《つら》い、というので売って、いまは浜側の、見はらしのいいマンションにいます、と話した。

では松本氏はやはり、夫人と別居を解消して仲直りしていたのだ。

忘れていた傷口がふたたびひらき、私は、誰にも知られず埋めてしまっていた恋のあわれさに、涙が出てきた。

松本氏は狼狽《ろうばい》した。

そうしてナイフとフォークをおき、いたわりをこめて、言葉をさがしながら、私にいった。

（ノボルのことがよっぽど好きだったんですね。ありがとう、ありがとう。

でも、多美子さんはまだ若い。

はやくノボルのことは忘れて、そして、いつか、幸福な結婚をして下さい。わたしも心からそう願っていますよ。ノボルもそれを願っているでしょう。幸福な結婚をしてほしい、ぼくのことは忘れて、――ってね……)

私はついに、ハンカチの下から、叫んでしまった。

(好きだったんです、あたし……)

(わかっています、わかっています)

あなたはわかってない。ちがう、ちがう。……

実は、あなたが好きだったのに、――というコトバはやっぱり、いえなかった。どうしても口に上らせることができず、

――こんなに、あたしって、涙っぽかった？　気が弱かった？……

ってうたがいながら、やっぱり口にはできないのだった。

二十一の夏の話だ。もう七年の昔になる。あのとき、いわないでよかった。

そしていま私は、トロトロ主義の新治と、結婚しようとしている。

感激ない、なんていいながら、神さまの前で指環を交換した。

あのときの、松本氏への、胸がきりきりするような恋の記憶はまだのこっている。

あのとき、松本氏が、

（わかっています、わかっています）と、あわてて私の言葉をさえぎったのは、もしかして、私の声ない仄めかし、抑えかねる思い、胸の煙突《チムニー》から吹きたてる夢の星屑をそれとなく知っていたのだろうか。……いや……。

まさかと思うけど。

しかし松本氏はやさしかった。

（はやくノボルのことは忘れて、そして、いつか、幸福な結婚をして下さい）といってくれた。

——わたし、結婚します。幸福な結婚、します。松本さん、ありがとう。

そう思ったとたん、祝婚の讃美歌《さんびか》がわきおこった。讃美歌第四百三十番「妹背《いもせ》を契《ちぎ》る」である。

「妹背を契る　家のうち
わが主《しゅ》も共に　いたまいて
父なる神の　御旨《みむね》に成れる

祝いのむしろ　祝《しゅく》しませ」……

と、どうしたことであろう、私の眼に涙があふれ、かくしようなく頬をつたった。
（いやだ。あとで、鬼の目に涙、──なんていわれるわ）
そう思ったが、涙はとまらず、両頬をぬらす。

「今し御前《みまえ》に　立ちならび
結ぶ契りは　変らじな
八千代も共に　助けいそしみ
真心つくし　主に仕えん」

折原まち子が気付いて、そっとハンカチを渡してくれた。
新治が気付き、
（お？　どうした？　大丈夫？）
というように、すこし、ほほえみをうかべて見守ってくれる。
ときめきがないの、感激がないの、といいながら、やっぱり、結婚式となると、涙が出ちゃうんだなあ……というような、ほほえみで。
（ちがうの……いや、ちがわないか。……結婚式に感激しちゃったんだ）
きもちのいい昂揚感があった。

「清き妹背の　まじわりは
なぐさめとわに　尽きせじな
重荷もさちも　共に分《わか》ちて
喜び進め　主の道に」

何だか、折原まち子も目をおさえてるみたいだ。でもすがすがしくなって私は新治と腕を組んだ。小さい教会の、小さい鐘が鳴りはじめた。

# 女流作家をくどく法

妙な女が、隣家へ引っ越してきた。一人棲みである。隣家は新築の建て売りで、見た目には恰好いい、文化住宅であった。

滝田の家は市営住宅だったが、とっくに土地ともに滝田の所有になり、家も建てかえている。

女が、境界ギリギリまで建て増してもいいかと聞きにきた。

「どうぞ」

と滝田はいった。

女は三十五、六ぐらいか、あるいはもっといっているかも分らないが、若々しい感じである。ジーパンとオカッパのせいかもしれない。男もののようなワイシャツを着て腕まくりし、首には金のクサリを巻いていた。俊敏な表情で、歯切れのいい言葉である。口が大きく、美人というのではないが、よく動く表情に魅力のある女である。

主婦にしてはさばけており、水商売にも見えず、学校の先生にしては垢《あか》ぬけている。

滝田には想像もつかない。

標札には、

「大野　和」

と出ているが、女の名なのか、男の名なのか、わからない。

女の声は媚《こ》びもかげりもなく、明晰で、力があり、シッカリと、腹の据《す》わったような声である。滝田は女に好感と敬意を持った。

この、「腹の据わったような声」というのは、滝田の羨望である。滝田は小さいが、工場を持っていて、人もいくらか使っている。カラートタンや亜鉛鉄板の工場である。野暮な商売をして身すぎをしているが、何しろ、四十四、五という中年男だから、相応に、人間も世の中も見知っているわけだ。その彼から見ると「腹の据わった」声を出せるのは、その人間がよほど人生に自信を持っているからである。

滝田なぞは、対外的には営業用の「腹の据わった」声を出しているが、本当は人生に自信もへちまもない。ちょっと前に女房に死なれ、中学生の息子とお袋を抱え、「なんとかせな、あかんけどなあ……」と思い思い、仕事の忙しさにかまけて、そのまま日を送っている。ヒョウタンの川流れ、というところである。工場の経営が「しんどくて」、私生活まで手がまわらない。人生全般に「腹の据わった」声など出せるわけがない。家のことは幸い、まだ達者なお袋がやってくれるが、グチっぽい女だから、滝田の顔を見ると何やかやとグチをいい、滝田はお袋にも「腹の据わった」声など、出せないのである。

いまのところ、全く以《もっ》て滝田には、

「流されゆく人生」

という実感であるのだ。縁談はないでもないが、今日《きょう》びの女の強欲なること、おどろくばかりである。

「私は初婚だから、家の名義を私にして」

「お姑さんやら、義理の子供と同居するのはいや。二人を出すか、私達がマンションへはいるのでないといや」

「家を改造して」

「婚約指環はダイヤで」

「毎年二回は、夫婦だけで旅行したい」

などといったりする。滝田は「なにぬかしとんねん」と思い、縁談にはあんまり期待しなくなった。

といって恋愛するエネルギーもチャンスも、子持ちの中年男にはないのだ。

駅前の飲み屋で、たまに一緒になる近くの青年の上垣が、

「滝田はん、一人やったら淋しいことおまへんか、あっちの方はどないしてはりますか」

といった。この青年はスポーツ新聞の記者で、滝田の家の一つ南の通りにある安アパートに住んでいる。酒好きの、がらっぱちの性格だが、滝田の大学の後輩で、わりに気が合う。

「あんなもん、クセのもんやで。なかったら、ないですむ」

と滝田は本当にそう思っている。

「そうかいなあ。信じられまへんな」

上垣はもう三十ちかいが、まだ独り者である。独り者でも、若いだけに女友達はいろいろ、持っているのかもしれない。

「四十半ばでクセのもんになってしもたら淋しいなあ」

上垣はしきりに「淋しい」を連発し、滝田をあわれむが如くである。しかし滝田にすれば、

「君なあ、この年になったら、あっちよりもこっちやで。つまり、淋しいいうのは、肉体的なもんや無《の》うて、精神的なもんやな。しゃべったり笑うたり、人のワルクチいうたり、という、この、人生の感動を一緒にする相手がない、いうこっちゃろなあ」

「そんなもん、僕らかておまへんよ。女より男の友達かいなあ。しかし勤め先の友達いうたかて、つき合いに限界ありますしな」

「それが、この頃、ゼヒつき合《お》うてみたいなあ、いうオナゴでけてん」

滝田は隣家の女のことを話した。

「あれ、独りもんやったら、くどきたいなあ。近頃はハイ・ミス多いよってひとりもんかもしれへん。何してる女や分らんけど、おもろそうなオナゴなんや」

そう滝田はいったが、いつだか偶然、二人で歩いていると、向うから、隣家の女が来て滝田に会釈していった。上垣はふり返り、

「あれが、ですか。教師《せんせい》やないですな。女医さんでもないか……」

「新聞記者でも分らんか」

「見当つかんですな。しかしあの小さなおっぱいは、形よろし」

「そやがな。脚もええやろ」

「さすが、見てはりますな。ヒップも高うてよろしで。奥さんですか、あれは」

滝田も、それが気になっている。

「男は見たことないけど」

「キャリアガール、いうとこですか、しかし大野和という名ァに見おぼえある気もする」

しばらくたって、女は、滝田の庭すれすれに、離れを建て増して、横向きの窓がついた。お袋は洗濯物に日が当らないというグチをまた考えついた。お袋は女の職業が何かわからないので、気味わるく思っている。一日、家にいるという。テレビの音も聞こえないという。

夜、女は窓を開けて、屋台のラーメンを呼びとめていた。もう深夜である。滝田の家でもみな眠っている。滝田はテレビの古い映画など見ながら、水割りを飲んでいた。こういうときがいちばん、いけない。妙に人恋しくなるのであった。

それで思いついて滝田も出てみたら、女は屋台の前に立って、ラーメンの出来上るのを待っていた。

「夜は冷えますなあ」

といって滝田もラーメンを注文した。

発泡スチロールのどんぶりに入れてくれるので、持って帰れるようになっているのだが、滝田は屋台のかげで食べる情趣がいい気分で、どんぶりを抱えてそこで食べた。

そのせいか、女も立ったまま食べた。長いスカートをはいていて、スカーフを首にまいている。滝田が、

「いまごろになると妙にハラがへって」

というちに、屋台はさっさと動いて、笛を鳴らしながら次の通りへ曲ってしまった。

それで何とも恰好のつかない立ち食いになった。二人ともどんぶりを抱えて笑い出し、

「ま、食べてしまいましょう」

といって滝田はあまさず汁を啜《すす》った。女もちゅうちゅうと汁を飲み、

「うわ。きれいな星」

とどんぶりを持ったまま、夜空を見ている。

滝田もどんぶりを抱えたまま、上を見た。

星なんか、何年も見たことがない。滝田の工場の亜鉛鉄板には星のマークが入っているが。

「ラーメン星座ですな」

滝田が冗談をいうと、

「立ち食い座でしょう」

と女が笑って、「お休みなさい」と別れて家へ入った。滝田はだんだん女が好きになる。

女は窓ぎわで、満腹したあとの煙草を、しみじみと吸っているらしい。

滝田も煙草をふかした。これは窓ぎわでなく、テレビの前である。同じことをしてるのになんで一緒に居られへんねん、という気がする。一緒にラーメンをたべ、一緒に煙草を

吸う、どっちも独り者同士なのに。滝田はさっきの水割りの酔いのせいか、すこし大胆になっている。

庭へ下り、檜葉《ひば》の生垣をかきわけると、外へ出ないでも、女の家の窓ガラスを外から叩ける。

「隣りの滝田です。――飲みまへんか、よかったら。――縁側ででも」

「いま、飲んでるとこなのよ、私も」

と女は、窓から声をひそめていう。顔は半分ぐらいしか、みえない。

「僕もですわ。同じことやったら、一緒に飲みまひょ。僕、淋しいんですわ」

「私も。でも、飲むときはえらい恰好してますから――私」

「ハダカ?」

「まさか。パジャマよ」

「僕もねまきで飲むの、大好きですねん。よろしやん。そこからぐるっと廻ってきたら……。気がねするもんいません。ハダカのつき合いや無《の》うて、ねまきのつき合いです」

「なれなれしい人ねえ。オタクって」

と、彼女はいったが、べつに怒っているようでもない。

「あんた、ひとりもんですか?」

と滝田はきいた。

「そ」

「大野サンという標札は、あんたですか?」

「そう。大野カズ、いいますの」

「隣りのカズちゃんですな。楽しいな」

カズは笑っていた。滝田はくしゃみが出て来て、家の中へ引きあげた。

上垣青年に、駅前の焼鳥屋で会うと、彼は昂奮していた。

「わかりました、隣りの美人。あらァ滝田はん、大野カズいう、小説家でっせ」

「小説家」

滝田には意外であった。滝田は、カズのさばけた取りなしから、いまはやりのブティックか、何ぞの小店を持っている女か、デザイナーか、ともかく接客業の二種であろうと考えていたのだ。というより、滝田の女性認識の中には、小説家というような概念は存在しない。

「エリートのインテリでっせ。友達に毎朝新聞の学芸におるやついまして、聞いたら、何や、えらい作家らしいでっせ。何たらいう賞もろてはります」

上垣青年はスポーツ専門で、そっちの方は弱いのだそうである。

「滝田はん、あんなえらい先生、あきまへんで。残念ながら——おっぱいやの、ヒップやのと品評してたら張り倒されまっせ」

しかし滝田は、なぜ、「残念ながら」なのかわからない。大野カズはノビノビと素直で、「腹の据わった女」であって滝田の好感を誘うが、べつに「張り倒す」ようにみえない。

「滝田はん、本、読みはりますか？」

「本？」

「大野女史の小説は難解な純文学やそうです。学芸の友人でも読むの、しんどいそうですわ。そんなアタマのええ女は、かなわんですなあ。僕、インテリ女、あかんわ」

滝田は本なんか買ったこともない。仕事で要《い》る専門書だけで、それに工場と家の往復は車だから、もっぱらラジオを聞くのである。たまに遠出の出張のときは、駅でマンガの週刊誌を買う。うしろに小説も載っているが、滝田はさし絵につられ、絵がポルノ風であると、興をもよおしてそのページをよむ。そのぐらいのものである。

ラジオを聞いていると、ベストセラーの小説など、一節を朗読して紹介したりするから、わざわざ本を買って読む気は起したことがない。

だから、本をよまなくても、女とつき合うぶんには、いいではないかという気がする。

「そうかなあ。僕は、あの人、女流作家やと思《おも》たら、怖うなりましたな。僕ら、それだけで、くどく勇気おまへんわ」

「何もくどく、いうてェへん。一緒に酒でも飲む仲になれへんかいなあ、思うてるだけや。何が怖いねん」

と滝田はいった。

「しかし、何ぞ材料にされて、書かれへんか、という心配おまへんか」

「書かれてもかめへんがな」

「女流作家の見方は意地わるい気がします」

「向うも商売やろうし」

「中年には勝てんな」

と上垣はサジを投げたようにいって、

「その、学芸のやつも、女流作家なんて単純なもんやで、いうてましたけどな。そやけど、ほんなら大野カズくどけるかいうたら、『怖い』いうてました」

「女流作家くどく第一条は怖がらぬこと、やな」

それなら滝田は合格である。学芸記者ならともかく、文壇外の、小説なんかちんぷんかんぷんの滝田には、どのへんまでえらいのか分らないのだから、怖くも何ともないのである。

「第二条は何やろ」

と滝田がつぶやいていると、上垣は、

「学芸のやつにたずねてきます」

と、何でも「学芸」を頼っている。滝田はべつに、女流作家だから、学芸が何もかも掌握し、理解しているとは限らぬと思う。それより、中年オンナと中年男の関係から考えた方がいいように思う。

「やっぱり、ホンマのことというのが大事やろうなあ。若いもんやないねんさかい」

あのとき滝田が、「僕、淋しいんですわ」といったら、大野カズは即座に「私も」といったではないか。

「いや、それは中年の貫禄ですなあ。それは若いもんにゃ、いえません」

上垣は中《あ》てられた顔で、

「若いもんはメンツにこだわりますかち」

「すると、第二条は、真実をいうこと、やな」

「それだけでも大変ですわ」

滝田は上垣にはいわないが、第三条は、

「ロマンチックな雰囲気」

ということではないかと考えた。流しのラーメンをたべ、一緒に星座を仰いだではないか。そうして檜葉の生垣越しにしゃべったら、ちゃんと返事をした。

滝田は小説などは絵そらごとだと思っている。ヒマをもてあます女子供の玩弄物《がんろうぶつ》である。忙しいオトナの男が相手にしていられないと思っている。しかし小説なんか読まなくても、見よ、ちゃんとロマンチックなムードは作れるではないか。

次の晩、滝田は、夜おそく、隣家の大野カズの部屋に灯がついているのを見た。ここ二、三日、家にいなかったのか、夜も真っ暗であったのだ。何だかなつかしくて、

「大野サン」

と呼んでみると、隣家の窓は開かず、二階の勉強部屋から、息子が何ごとかと顔を出した。

息子は、受験勉強で、このところ毎晩、おそくまで起きているのだ。大野カズの玄関から案内を乞うていくほどの用事もない。いや、用事はあるのだが、玄関の呼鈴を鳴らすたぐいの用ではないわけである。

(第四条、焦ってはならぬこと、やな)

と滝田は思い、そのまま奥へ入ってしまった。そうして、

（無理をしてはならぬこと、としてもええな）

などと思う。滝田はそんな箇条を考えながら眠りに落ちるのが好もしくなった。

「学芸のやつに聞きましたら」

と、また上垣青年が情報をもたらしてくれた。

「女流作家いうのは、自分の作品ほめられるのが、いちばん嬉しいのやそうです」

「作品を」

「滝田はん、読むの、大ごとでっせ。慣れんことはするもんやないと、思いはるやろ」

「乗りかかった舟や。しょうない」

滝田は、

（第五条、相手の作品をよむこと）

と呟《つぶや》きながら、駅前の本屋で一冊だけあった大野カズの本を買ってきた。

どうやら、短篇集のようであった。

文章は手のこんだ、長々しい、文脈のよくわからないもので、ゆきつもどりつして読まなければいけない。終りまでやっと読むと、それが夢であった、というようなあんばいになっている。滝田は老眼鏡を用いているから、眼鏡の重さのせいか、鼻の奥が痛くなり、眼が疲れ、肩が凝ってきた。そのうち、二つ三つと読みすすむにつれて、中にはわかりや

すいのもあったり、やさしい言葉が使われていたりして、必ずしも、上垣青年の口吻に匂っていた、

（箸にも棒にもかからない）

ということはない。

それより滝田には、大野カズがこういうものを書いてるときの恰好を想像する。

（パジャマかな、ネグリジェかな）

書きくたびれて、机につっぷして居眠りしている恰好も想像する。それは滝田が、この本を読み疲れて居眠りしたからである。

滝田は老母に起されて、

「うう……」

といいながら、まだ起きないで、本に顔をつけて眠っていた。老母は、

「しょうないなあ」

といいながら、丹前をうしろから着せかけてくれた。

滝田は、居眠りしている大野カズのうしろから、羽織でもオーバーでも掛けてやりたく思う。横坐りのヒップの恰好を想像したりする。

そんなことを考え考え、三、四日かかって本を読んでしまった。

何となくそれから気になり、新聞の書評欄など見たこともないが、心をとめて見たりする。大野カズ、という名をみつけると、切り抜いたりするのも、滝田としては破天荒なことである。

滝田がいちばん熱心に見るのはスポーツ欄であったのだが。

大野カズは引っ越しておちつくと、ちらほら、訪問者もあるようになった。それでも流行作家というのではないらしくて、町内の目をそば立てるような、人目に立つところは全くない。ひっそり暮らしている。

滝田は昼間は工場へいっている。大野カズの家は、お袋の話によると昼まで静もり、午後は買物をしたり出かけたりしているそうである。

夜、滝田が帰ると、いつも窓にあかあかと電灯がついていて、大野カズの活動時間であるらしい。

滝田はそれを見ると、カズに話しかけたくてたまらなくなる。それを自制するのは、こっちは休息時間だが、向うは就業時間だろうという、おもんばかりからである。

この頃は、庭の檜葉の生垣を見て、酒を飲む。息子は二階の勉強部屋へ上り、お袋も早くから眠ってしまう滝田の家は、いつも静かである。

そのうち、滝田は酒がまわってくると、おもんばかりなんか、かまってられなくなる。

「大野サン」

　と檜葉の生垣をかきわけて窓を叩き、

「居眠りしたらあきまへんで、大野サン！」

　と声を張って呼ぶ。

「何も居眠りなんか、してませんよ」

　窓があいて、大野カズが半分がた顔を出し、

「今晩は。またね」

　カズは今日は忙しいらしく、すぐ顔をひっこめようとする。顔つきがちがっている。

　滝田は、カズを引きつける話題を、ちゃんと用意していた。

「ちょっと話がしとうて。このあいだ、あんたの本、読みましたデ」

「あらまあ」

　大野カズは、「学芸」の記者の話の通り、頓《とみ》に興味をもち、再び、顔をのぞかせ、

「面白くなかったでしょう？」

　という所をみると、自分でもその点、ようくわきまえているらしい気もされる。

「いや、面白いのもあった。ことに何やしらんけど、書いてるあんたの恰好まで想像されるような、妙にエロチックなかんじを誘われますなあ、あんたの本は」

「あたしの本が？　そうかなあ。──あれがエロチック？　そうかなあ」

「よんでて、怪《け》っ体《たい》な気になった」

「あらま」

「しみじみしたエロチック。そんなことおまへんか」

「考えたことなかった、私」

といいながら大野カズはうれしそうであった。それは滝田に、（考えたことない、というけど、自分ではそのへんの自信あってんな）と思わせた。

また、そのことを誰一人、今まで指摘しなかったのだろうということも考えさせた。

（第六条、作品をほめるときは、本人がひそかに思ってて誰もいわないことか、本人も思っていなかったことをほめること）

と、滝田は考えていた。

「これ、新聞の切抜です。ご存じかもしれへんけど」

と滝田は書評を渡そうとしたが、手がとどかないので、

「散歩のときにでもお渡しします」

「ありがと。滝田さんて、文学趣味あるのですか？」

とカズは意外そうであった。

「なに。パチンコの趣味しかないけど、大野サンに興味あったから、無理して読みましてん。何せ、仕事が仕事やから、高尚な本とは縁遠くてね」

滝田は仕事の内容を説明した。そうして、立ったままだったので、縁側の椅子を引っぱってきて坐り、また再び立って、酒を濃くついで持ってきた。

カズは面白そうに滝田を見ている。眼がイキイキしてきれいである。

「何を着てますか」

「着るものばかり気にする人ねえ。シャツとスカート。カーデガン」

「寝支度ではないわけですな」

「仕事が忙しいんです」

「ラーメン食いにいきまへんか、この間は楽しかった」

「あの、私、忙しくて」

「まま、よろしやん」

滝田はとりわけ厚顔でも大胆でもない男であるが、酒を飲んでいると、よけい怖がらなくなっている。

「仕事ばっかりしてたかて、ポッと死んだらどないしますか、僕らかて、金もうけ、何のためにするのやいな、思うたら阿呆らしいです」

「何のため？」

「こないして、一目ぼれしたオナゴはんとおしゃべりするために生きてたんですな」

「酔っぱらっていう」

「いや、ほんまです。そのおしゃべりかて、お袋や子供あいてにするのではあかん。バーのホステスやおでんやのおかみや姐さんにいうのともちゃう」

「奥さんとおしゃべりすればどうなの」

カズは、一息入れるつもりになったのか、煙草の煙を吐いている。

「亡くしましてね、ヤモメなんですわ」

「それはお気の毒に。存じませんで失礼しました」

「いやいや、居ったかて、女房《よめはん》にいうこととちがいますな。いちいち、何のためにオマエ生きとんねん、なんていうたら、張ッ倒されます。女房は女でもなし、オトナでもないですからな。そういうことは、女のオトナとしゃべりたいですワ」

「滝田サンだけでしょう、そんなデリケートな男の人は」

「そんなこと、おまへんよ。男はみな、デリケートです。誰にもいわれへん願望やロマンスを、心の底に一点、針でついたくらい、ポッチリと持ってます。そいつが、うまいこと花開くのは、ええ相手にめぐりおうたときですなあ」

「めぐりあわなんだら、どうなるのですか？」

カズは滝田の饒舌《じょうぜつ》に釣られたようである。

「胸の底に埋めたまま、琥珀《こはく》みたいになりますな、水晶というのんか、――ともかく、どんな男も、胸の底に、宝石持ってるようなもんです」

「オタクって、詩人なのねえ」

「いや、僕に限りませんワ。男はみな、そうですワ。怨みつらみ、泣きごとも、じっと抱いてるうちに、みな、琥珀や水晶になってしまいます。そやけど、若い男はあきませんよ」

「なぜ？」

「まだ宝石になるとこまで生きてない。胸の底に転がっているのは、せいぜい、パチンコ玉ぐらいですな」

「アハハハ」

「大野サン、恋人いますか」

「いないんですよ、欲しくもないので、いま仕事に一生けんめいです。じゃまた」

「手伝うことはおまへんか、男の心理を解剖するとか、生理の探究とか」

大野カズはよく笑っていた。

（第七条、つねにたのしい話題を提供すること）

と、滝田は思うわけだ。そうして、

「もうちょっとしたら、ぼたん山——大野サン、知ってますか、この町の山手に、ぼたん園がありますわ。そこでぼたんの花びらの天プラ食わせる所がありましてね。案内しますわ。花の名所は、この先の水源地ですな。鳥料理でうまいとこ、ありますねん——女の人はお口が肥えてはるやろうけど。春はちょっと、車で遠出して食いにいきますか、車に乗って僕、もう二十年ですわ。腕はたしかのつもりです」

(第八条、車をもっていること)

と、滝田は胸につぶやく。

「……えらいおそうまでひっぱりまして。すみませんでした、ほな、おやすみ、僕もあした早いんですわ、ほんまいうたら」

と滝田はいった。

「仕事は忙しいんですか」

と、大野カズの方からあべこべに聞いた。

「何でも自分でせんならんもんですからね。社長と小使いと兼任ですわ。からまわりばかりでもうかりまへん。朝は七時に出まんねん」

「朝早くから夜おそくまで、たいへんね。奥さまの支えもなく」

「ま、どんな男かて、えらい目してるのは一緒ですけどな。——えらいお邪魔しました。ほな、まあがんばって下さい、徹夜ですか？」

「ええ……でも、いいの、私も飲みたくなった。ねえ、窓からお入りになりません？」

「それもおもろいですな」

（第九条、男は、あわれっぽくみせてはいけないこと。女流作家は、雄々しく生きる男に弱いかもしれぬこと）

と滝田は考えたりする。滝田は椅子を踏み台にして窓からよじのぼり、支えた大野カズの手をにぎった。「女流作家のくどき方」第十条を考えてるひまもなかった。

一ト月ぐらいあと、滝田は上垣青年に、焼鳥屋で逢った。

「滝田はん。学芸のやつに大事な一条、聞いてきました」

上垣青年はいいにくそうであった。

「滝田はんにこんなこと、いうてええかいなあ。——怒らんといとくなはれや」

「何やねん」

「学芸のやつ、いいよりまんねん。女流作家は男前が好きや、いうて。これ、決定的です。……お気の毒ですなあ。僕もいいとうなかった」

滝田はだまって塩焼きした手羽をかじっている。そうして熱燗《あつかん》を、上垣青年についでやった。滝田は短軀《たんく》小太りの、冴えない顔の中年男で、頭髪は前額から後退している。「男前」にはほど遠い。

それは知っている。

しかし滝田は、「女流作家をくどくには男前でなくてはならぬ」というのを第十条に入れようとは思わないのだ。それよりも、

「この間、ぼたん山へいって、ぼたんの天プラ食うて来たよ、大野女史と」

といった。上垣は盃をおき、目を丸くする。

「えっ。ほんまですか」

「いま、家の生垣とりこわしとんねん。大野女史の家とイケイケにして、そのうち、合して二軒分に建て直すつもりや。一緒にした方が便利、いうことになってしもて。早う、君にも知らそ、思てんけど」

「へー。いや、それはその。信じられへん」

「もうじき、カズちゃんここへくるさかい、君、直接、聞いてみたらどないや」

「いつ、そんな話になりましてん……」

「しゃべくるだけではあかん。第十条は酒と、タイミングやな」

滝田は、いつのまにか、自分の声が「腹の据わった声」になっているのに気付く。

# 鉄の規律

1

私が、友人の須藤《すどう》みさをを、おかしいなと思いはじめたのは、まず、電話である。その電話が、はじめて掛った日のことを、私は、おぼえている。

私が取ったのだ。

男の声で、

「須藤みさをさんを、おねがいします」

といった。

彼女に、男から電話が掛るなんて、破天荒《はてんこう》のことである。

私の知っているかぎり、ウチの部屋では（課が三つばかりある）瀬川カツ子と、前田正枝の二人である。この二人にはちょくちょく、男から掛るが、ほかはかからない。

あと、女性は、私や須藤みさををふくめ、八人いる。うち、私とみさをと、もうひとり船津ミツ子とは三十以上、多田さんという人が四十以上。

若い子はみんな、二十代前半にかたまってしまって、私とみさをと、ミツ子と、多田さんだけ、ちょっと浮き上ったかんじで、年がはなれている。

須藤みさをは、地味な、冴えないハイ・ミスで、私より一年あとの入社、たしか、いま三十一のはずである。色が白くて、ほんとうは美人なのだが、ちっとも目立たないのは、彼女の陰気な、控えめな、おとなしい性格のためかもしれない。

仕事はそつなくやるが、無理をしてでもやりとげるという気働らきも活力もなく、

「これ、残りましたけど……」

とおずおずと断わりにいくような子である。私なら、できないものはできませんよ、スーパーマンじゃないんですからねッと、上司にうそぶくところ、多田さんなら、何が何でもしとげてみせるというファイトと愛社精神の固まりのようなＯＬであるが、須藤みさをは、その、どちらでもないのであった。

私は、高校の後輩だということもあり、また、おとなしいので、須藤みさをとは、ことに親しく、面倒をみたり、相談にのったり、しているつもりでいた。

どうしても、ハイ・ミスはハイ・ミス同士かたまる傾向がある。

船津ミツ子は三十五、六の女で、これは多田さんと仲よしである。

ところで、須藤みさをに掛ったその電話の声の主は、わざと、声を押し殺したような、不自然な硬《こわ》ばりが感じられた。

私はいつも電話を聞く役目なのだ。むろん、交換手はいるが、総務部へかかってくる電話は、主としてまず私が聞くことになる。

たくさんの人の声をきくうちに、私の耳は訓練されてきて、そのクセを聞きわけるようになっていた。

ナマリなど、すぐわかる。東京風アクセント、九州弁、岡山弁（大阪では、九州弁と岡山弁をつかう地方者が多い。東北弁系統は、あまり聞かれない）もすぐ、ききわける。

交換手の人も、全社員の声、ちゃーんと一人ずつわかるといっている位だもの、当りまえのことかもしれないが。

須藤みさをに掛ったその電話の男の声は、自分の声をおぼえられまいとするような、ヨソヨソしい警戒心があった。

「ハイ、須藤さんですね？　須藤みさをさんですね？」

と私が念を押したのは、男の声をしっかり聞こうと思うからである。男はよんどころな

い調子で、

「そうです」

といっていた。

男はそのあと、だまりこくったが、私にはいら立ちが感じられた。

「須藤さーん」

と私は、わざと、受話器の向うにきこえるような声でいった。

須藤みさをは、席にいなかった。

ちょうどよい、というあんばい。

「席にいらっしゃいませんが、あとでおことづけしましょうか？」

私はそういって、男のじれじれした息遣いをたのしんでいた。

「では、いいです」

「もしもし、何か、おことづけ……」

というちに切れた。

そのあと、すぐ、みさをが席に戻ってきた。

「電話があったわよ――男のひとから」

と私が何げなくペンを走らせながらいうと、

「え？」

とみさをが一瞬、緊張しているのがわかった。

「何か、おことづけ、ありませんか、といったら、いいえ、といって切りはったわ——でも、何か、いそいでたかんじ——。もうすこし早ければよかったのにね」

「…………」

「ひと足ちがいよ」

「……すみませんでした」

とみさをは呟いた。

それで私は、誰だろうと、あれこれ、相手を推理していた。

私は、人事課の部屋にいたことがあり、女の子の家庭状況や、男の人の学歴職歴などみーんな、知悉《ちしつ》しているのだ。

みさをは、父母と妹たちの五人家族である。父親なら、それらしく、挨拶もするだろう。兄も弟もいないし、第一、あの電話の声は、若い男ではなかった。

中年の男のようだった。

ナマリはなかった。

なかった、というのは、耳に立たぬ、ということだ。

大阪弁、ということなのだ。つまり。

私は、あんまり考えすぎて、あたまが焼けつくようであった。

五分ばかりして、また掛かってきた。

こんどはすぐ、みさをが出た。

短かい受け答えで、

「ハイ。ハイ。いいえ」

といっている。

私は知らぬ顔で、席をはなれた。私が横にいるとしゃべりにくいらしい。

席を離れても、彼女の返事は、私の耳に鋭く入ってきた。

「わかりました。桜橋ですね」

といっている。ついでややあって、彼女は電話をおいた。

(桜橋)

なんだろう。と私は考えて、席に戻った。

その日は、私はお花のけいこで、これは会社の厚生部が、厚生室を開放してさせてくれているものである。畳敷ではないので、机の上に、水盤を並べて、立って活《い》けてゆく。

私とみさをが当番だったが、みさをは、帰るかと思いのほか、さっさと、厚生室を片づけ、水盤を出しているではないか。

「あら、ええの？」

と私はいった。

「デートやないの？　須藤さん」

「どうして？　何もそんなこと」

と、みさをは、頬をすこし赤くしていった。

お花の先生がくるまで十分ほど、けいこは四十分ばかり、いつもと同じくらいの時間に終った。

みさをは、私と二人で、花屑を片づけ、水盤をしまい、机の上を拭いた。そうして、私のと二つぶんの花束を持って、

「帰りましょうか」

と、おとなしくいうのも、つねに変らなかった。

私たちは地下鉄に乗った。

そして、梅田で別れた。私は阪急電車、彼女は阪神電車である。

みさをは、私とにっこりし合って、さようなら、というと、阪神の乗り場に向って歩いていった。

阪神は、阪急とは正反対の方角になる。

私はふと、あとを、つけたくなった。

今までも、実をいうと、瀬川カツ子が、男と二人で心斎橋を歩いているのにバッタリあい、どんな男か、よく見てやろう、会社の男かしら、と百メートルばかり、つけたことはある。

しかし、今度のみさをは、そんな衝動的なものとちがう。

みさをの電話をきいた時から、好奇心むらむら、おさえがたくなったのだ。

その上、私には、私の知らぬ所で、みさをが自分だけの生活を持っているということが堪えられないのだ。この場合、生活というのは「男」といいかえてもよい。

みさをと私は、心をうちわった親友だったではないか。私をツンボ桟敷において、自分だけで、何か画策してるなんて、許せない、と私は思うものだ。

どんな男なのか、いや、みさをが、今から家へ帰るのか、男にあいにいくのか、それは私にも分らない、分らないが、どうも、私の第六感では、くさいのだ。

「桜橋」

という言葉が、私には印象的だ。

みさをは、エスカレーターで動くように、一定速度でゆっくりあるく。

階段をのぼる。

私はドキドキしてきた。みつかったら、

「買物を思い出したのよ」

と笑っていうつもりだった。

みさをは、阪神への乗り場を通りすごした。私はどきッとした。

そうして、私の第六感のするどさに、われながら、凱歌《がいか》をあげたくなった。

みさをは、ゆっくり、土産品街の中をあるく。私も、間隔をあけてついてゆく。

そこを通りぬければ、桜橋へあがる階段がある。

私はみさをの歩調に合せて同じ距離を保ちながら歩いていった。みさをは全然、気付かぬようであった。

みさをは何を考えているのか分らないが、いつもと同じ、のたりのたりとした歩きかたで、とてものことに、デートに向う弾みも期待もない。すこし足をひきずるように歩くのが癖である。私はすべての人の身上書にくわしいのと同じく、体の癖もいつか、のみこんでいるのだ。

とうとう、地下街から階段をのぼって、地上へ出た。

もう暗くなっていて、ネオンがいっぱいだった。パチンコ店や喫茶店のある通りをずっとぬけると、桜橋の交叉点に達し、その四つ角には大きなビルがある。

みさをが信号を北へ渡ったので、私もいそいで渡ろうとしたら、信号が変った。私は人影にかくれて、じっとみさをに目をこらしていた。

それまで私は、もしかしたら、彼女が、買物でも思い出したのかと思っていたけれど、桜橋を渡ると、繁華街は尽き、いよいよ、うさんくさい。

(うさんくさい、といったって、私ひとり思っていることで、みさをは別に、うしろめたいことではないかもしれぬ)

第一、みさをが、こんな所に用のあるはずもない。このへん、ビルや目立たぬ商店のあるところ、信号を更に東へ渡れば、北の新地なのだが、みさをは、地味な西の方へ、歩いてゆくのだ。そうして、ぽつん、と立ちつくしている。

みさをは、ラクダ色のコートを着て、黒いブーツをはいている。すごい美人でもないが、姿恰好がすらりとしているので、こうして遠くから見ている分には、美しい。

私が、みさをに劣等感を感じているのは、その体型だけである。

私の方がずっと美人だと思うし、仕事もよくできるのだが、どうも、プロポーションでは自信がない。私はみさをより背が低くて、横っちょにすこし太っていて、ロマンチックな風情からはほど遠い、それは自分でも知ってるわけだ。

みさをが、木枯しの吹く中を、コートの衿に白い顔をうずめるようにして、何か、物思いに沈むように立ちつくしている姿は、うらやましいが、情趣があった。みさをは、二、三歩あるいて、また立ちどまり、さながら誰かを待つ風だった。その足を曳きずるような歩き方さえ、倦怠感みたいなものをただよわせて、いい感じであった。

私はふと、みさをは、恋愛しているのではないかと直感的に思った。

みさをの体ぜんたい、なよなよした、そういう情感が匂っているからだ。

会社では、ぜんぜん、そんな匂いはしないのに。

机を並べて仕事をしているから、吐く息、吸う息まで知悉した仲、仕事だけでなく、おひるの社員食堂も、帰りの地下鉄も、昼間のトイレ、湯沸場、お花の稽古、すべていっしょなのだ。みさをは、およそ色けのない女で、それは、会社の男たちでさえ、いっていたくらい。それに安心して、私は、みさをと、仲よくしていた。

若くて、男の子にもてる前田正枝や瀬川カツ子はどうも、私にはなまぐさくて胸がわるい、若いのを鼻にかけ、私たちのことをオールドミスと侮蔑しているような気がしてならない。

みさをは、いうなら、無味無臭である。空気のような女で、いっしょにいても気にならず、逆らうこともなく、そのくせ、べつに、おべっかを使うのでもない、私が何かいうと、

たいてい、

「そうねえ……」

とうなずく、おとなしい女だ。でも何にでも「そうねえ」と同意するのではなく、

「そうかなあ。でも、あたしは、そう思わへんわ」

という否定の仕方をする。この、「そうかなあ」という、一拍の入れ方が、たいへん聞いていて目安い。快よい。

いまどきの若い子は、つまり、前田正枝や瀬川カツ子たちだと、ニベもなく、

「ちがいますよ」

というのだ。あるいは、何かをさがしていて、聞くと、

「知らんわ」

という。そのアクセントがとても、きつい。そこで私はムッとくるのだ。

しかし、それを咎《とが》め立てしたとて、知らぬものは知らぬ、といって何が悪いと居直られるのがオチ、それを、おとなしいみさをは、

「知らんけど、……どこへいったのかしらね」

と、ひと言添える。

べつに、みさをに、紛失の責任はないのだから「知らんわ」でよいのだが、「……けど」

という、その語尾だけで感じが全くちがうものだ。それが人間らしい感じというもので、私は、それやこれで、もう十年近くみさをと働らいているが、悪感情をもったことはない。会社の目だけでなく、私自身も、私とみさをは親友だと信じていた。

親友とほとんど一日、会社にいて、そして、裏も表も、知りつくしていると思っていた。

私は、みさをが、まだ勤めているから、会社にいられる気がする。

みさをも、そうだろうと思っていた。

どちらも結婚する機会がなくて、若い子が次々と、結婚退社するのを見つつ、

「まだしばらく、いるわねえ、須藤さんは?」

「むろんよ、山川さんもでしょ」

とみさをは、私に心ぼそくいい、

「山川さんが辞めたら、あたしも辞めんならん、ひとりで、よう居てんわ」

「おたがいに、あとへ残るのはいやね」

「まあ当分は、その心配はないと思うわよ——」

と笑い合ったのだ。

二人で、ハイ・ミスの心ぼそさ、怯《ひる》み、コンプレックス、淋しさを、支え合ってきたのだ、と思う。

そのくせ二人で、陰口をきいたりもする。

「船津さんみたいになりたくないわね、あの年まで、この会社に働らいてるなんて」

「船津さんはまだ、ええのんちがう？　多田さんみたいになったら困るわ」

と、二人で笑っていた。さりとて、当面、私にもみさをにも、心当りの相手があるわけではなく船津ミツ子や多田さんぐらいの年齢まで居坐らないという根拠はないのだ。

そのくせ、

「何とか、なるわよ、ねえ……」

と二人で言い合い、終りはいつも、女のうちあけ話のあとにくる、けだるい満足感と、相手へのかすかな軽侮——みさをに、男なんぞ作れるはずないわ、という（向うも私のことをそう思っているかもしれないが）——を秘めて安心するのだった。

私とみさをとは、要するに、そんな間がらなのである。

だから私が、今まで聞いたこともないみさをへの男の声の電話で、

（おかしい）

と思ったのも、当然であろう。

信号が変ったので、私は渡った。そして、目を疑った。みさをは消えていた。

そこは、灯を消した商店の表で、路地もなかった。ずうっと先まで、みさをの姿はなか

った。

私は念のため、二百メートルも歩いてみた。開いている店（古本屋とか、何かの問屋とか）はみんな、のぞいてみた。どこにも入っていず、みさをの姿はなかった。

喫茶店は、そのへんになかった。しかしかなり先の喫茶店にも、彼女の姿はなかったのだ。

私が物思いにふけっている間に、彼女は、四つ角の交叉点を、もう一度、東へ渡ったのだろうか。しかし、もしそうなら目立ったと思う。

キツネにつままれたように、私はうろうろし、ついで仕方なく、帰ってきた。帰る途中て、豚まんを売っていたから、一箱買った。

アパートで、茶を沸かして、それを一人で食べる。

二年前まで、父と住んでいた家は、父の死後、処分して、姉妹三人で分け、私はひとり小さな、このアパートに引っこしてきた。姉も妹も結婚して、私だけひとりである。

ひとりというのも気楽でよいものだ。今晩のように、手近なものを買って、それですませられるから。

私は、みさをのことを考えながら食べていた。どうして消えたのかを推理するよりも、彼女が、私に黙って、何かたくらんでいる、つまり、出しぬかれた、という意識の方が私には腹にすえかねた。

私は、豚まんを二つに割り、芥子醤油《からしじょうゆ》につけて食べていたが、ふと、豚まんの白い皮に、虫のほそい脚が一本、くっついているのを発見した。この脚は油虫のだな。こん畜生。しかしこんなことで、一々、気分を害していてはハイ・ミス商売を張っていけない。そこをちぎって捨て、食べてしまう。

空腹と怒りというのはよく釣り合うもので、一箱きれいに平らげた。

銭湯《ふろや》へゆき、寝るまでの時間も、ずーっと、みさをの消えたわけを考えていた。あるいは私のいるのに気付いて、どこかへいそいで身を隠したのかしら。

しかし、いつのまに。私は、ゆきかう車のあいまから、みさをに目をつけて放さないでいたはずなのに。あんなに車が多かったけれど、みさをの姿は、見失なわなかった。道路のこちらから、じーっと眺めていた。

そのとき私は気付いたのだ。車だ！　車が走ってきて、立っているみさをを乗せ、走り出したら、みさをは掻き消すごとく消えるはず。

しかしタクシーなら、その前からみさをは手をあげて呼び止める心組みを見せただろうし、そうではなくて、何か心まち顔に、行ったり来たりしていたのを見ると、きっと、白ナンバーの車を待っていたのだ。

時間と場所を待ち合せ、その地点に、待っている人間を乗せて走り出したら、都合がよい。誰にも見られなくてすむ。

何でもない、都会の通りで待っていれば、誰かに会うのではないかと気を使う喫茶店なんかのデートより、はるかに手ぎわがよい。

私はそう考え、するとそれがまちがいないような気がしてきた。

と、なると、車をもっている男だな。それは、あの声からして、（私はもう、声の主がそのまま、みさをのデートの相手だときめていた）中年者であるから、何か、そう軽々しい若者ではないようだ。

ホテルのロビーとか、喫茶店などで、女と会っていて、人に顔を見られるとまずい、というような……。

どちらかというと、社会的地位のある人間、または、人気稼業。

しかし、当然のこととして私は、後者の方は消去した。高名な歌手やタレントや、芸術家、学者などが、みさをと、「知り合い」になるはずがない。

社会的地位、ということはこの際、女房子供もち、ということも入る。

X氏は、きっと家庭もちの男で、みさをを拾い上げる所を人に見られては困るのだ。

私はそう、解釈し、自分の推理に、自分で満足した。

どうしてこう、あたまがよいのか、と思う。これだけの情熱を、何か一つのことにそそいだら、すてきな仕事を完成させることができるかもしれないのだが。

蒲団へもぐりこむ頃には、もうすでに、私の推理は、動かぬ確信となっていた。

ひょっとしたら、みさをは、そんなことじゃなくて、どこかの店へ用事で入ったか、また車で拾われたとしても、それは、縁戚の男か何ぞであるか、かもしれないのだが、でもまあ、たぶん、私のカンははずれてはいないだろう。みさをの姿には、何かしら淫靡《いんび》なものがあり、それは隠す必要があるから、よけい匂い立ってくるといった種類の物である。

私は、これから、あれこれ用事ができたと思うと、うれしくてゾクゾクするようで、眠れない位だった。

そして、その気持の裏には、(しっぽをつかまえてやる) といった、憤慨もあった。

みさをは、私には親友のようにうちとけてみせながら、ついに、いちばん大きな秘密をじっと抱いて、その片鱗すら、私に気付かせなかったではないか。

(あの女に、情事のデートなんか、できるはず、ないねんけどなあ……もし、そうなら私は世の中、甘く見すぎてたんだ)

と私は考えているうちに眠りにおちた。

## 2

あくる朝、何で弾んでいるのか、自分でもわからず、そのうち、みさをのことで、張り切っているのだ、と気付いた。

いろいろ、調べたり考えたりすることができて忙がしい。

こんなことでもなけりゃ、女は、会社の中で出世もできないし、結婚相手も見付からないというのに、退屈で、死んでしまう。

みさをは、いつもに変らず、仕事をしていた。私にもよく、私語した。

それで私は、ゆうべのことは、ウソではないかとさえ、思ったのだ、ラクダ色のコートに黒いブーツ、なんて、誰もよく身につけているものだし……夜眼に、他人とみさをを、見まちがったのかもしれぬ、と思えてくる。

それに、ふいっと彼女がいなくなったのだって、朝の明るい室内で考えると、ほんとにあったことかどうか、ともかくあれは夜だったたし、こちらは道路ひとつへだてた、歩道から見た話だから……。

みさをは、経理部長の話などしていた。部長が部屋へはいってきて、立ち話をし、また出ていったからだ。彼は、前額部からうしろへかけて禿げ上っている。

「やっぱり、気になるっていってはったわ」

とみさをはささやいた。

「電車へ乗ってもわかい娘の前には坐らないんですって」

「そうかなあ、そう気になるかしら？」

「どこかのバーで、クリスマスの景品に、部長さんにだけは毛生えグスリをわたしたそうね。腹が立って、そこだけは出入りをやめたんですって」

「ふうん」

私たちは笑い合った。二人とも、うつむいて仕事したまま、話しているから、室内の誰にも分らない。私たちは中年のあたまの品くらべをはじめた。

「いっそ、社長さんぐらいに禿げれば、ね」

みさをがいい、

「そうよ、あんまり美事できれいで可愛くて、撫でたくなるわ」

と私がいうと、みさをはクックッ笑った。

「専務さんのシラガはきれいね。美事な銀髪」

「あれでまだ若いのよ、タチなのねえ――」

私はそういってふと、

「総務部長さんのあたまは黒々してきれいねえ。あの髪で、十歳《とお》は若くみえるわ」

といった。

「まさか、あれ、カツラではないでしょうね?」

「カツラやないわ」

みさをは答えながら、ペンを走らせていた。

「あれ、黒うみえはるけど、もう少しばかり、シラガもまじってるわ。ごま塩にならはるのん、もうすぐよ、きっと」

「そうかなあ、シラガある?」

といって、私は総務部長の顔を思い浮べた。いまの総務部長は、昔、私がいた頃とはちがっていた。四十五、六ばかりの活気のある中年男で、やり手だという評判である。きりっとした顔立ちの、精悍な感じで、いつも忙がしそうに顔をあげて大股であるき、私はその身ごなしから、彼はきっとスポーツマンなんだな、と思っていた。女の子の評判はよい方である。総務の女の子たちも、お茶などよく奢《おご》ってもらうせいか、わるくはいっていない。

私にとっては、どちらかというと、好みのタイプのほうに属する男である。

いた。

「シラガなんて、くわしく観察したものね」

と私はいって、さては、みさをも、あの総務部長が好きなのかなあ、なんて考えて

「あら、エレベーターの中で一しょになったから、うしろからツクヅク見上げてたのよ」

みさをはいそいでいった。用事が来て、話は中断された。

私はその話を、お昼休み、化粧を直していてふと、思い出した。どうも女の第六感を、説得的にいうことはむつかしい。

ただ何となく感じたのだ。みさをが、いそいで返事した、そのすばやさに。でも、総務部長がみさをとどうこうということは、ほとんど、あり得るはずもないと思われる。私が見ている彼は、いつも仕事で忙がしそうで、女の子の顔も、ろくにおぼえていられぬ、というふうにみえた。

その何日かあと、雨が降った。冷たい、じくじくと傷口から血のにじむような、降ったり止んだりの、いやな雨。

みさをの所に、手紙がきた。持ってきたのは、受信発信の係りの、入社したての女の子で、何心もなく無邪気に、みさをの机上においてゆく。慣れた子なら、私信はそっと手渡すのに。

みさをはいないので、私はそれを、彼女の机の中へしまいこんでやった。むろん、それ

は親切からと、もう一つは発信人の名を見たいためである。

発信人は、女名前だったが、字は男のようだった。筆跡にもクセが出るのは当然だが、それを隠そうというように、四角ばった、几帳面な字が、却ってうさんくさかった。

私は何となく、それを総務部長にあてはめてみた。どうも、部長が、そんなことをするとは信じられないのだ。

部長が、颯爽と廊下を闊歩《かっぽ》している感じからいうと、筆跡をごまかし、女名前まで使って、通信してくるような、因循《いんじゅん》姑息《こそく》で、いわば、女のくさったようなやりかたはしないんじゃないか。

私は考えあぐねて、やっぱり、あれは、女からの手紙なのか、と考えてみた。でも、みさをは、たえて会社に私信などきたこともない人間である。

それは私もそうで、友人、姉妹ならみんな、アパートの私宅にくる。会社あてにくる、私への通信といえば、会社をやめて結婚した後輩ＯＬだ。新婚旅行の旅先からよこす絵葉書で、あて名が、女の子たちの連名でなっていたりする。

みさをが帰ってきたので、私はことさら無造作に、手紙が来てる、といった。みさをはひき出しをあけ、顔色も変えず、それをハンドバッグに入れた。

あまり聞くと、警戒されるので、私は何もいわなかった。

その午後、みさをにまた電話がかかった。しかし、その日、みさをは、どこへもいかずに、帰宅している。

というのは、私は、彼女が電車に乗るまでつけていたからである。

電話には私が出なかったから、それが男の声かどうか、知るよしもない。

みさをは、次の次の日の、お花の稽古は休んだ。

「母が具合わるいので……」

というのである。これも、あまりないことで、みさをの家には、まだ高校生の妹がいるはず、彼女がいそいで帰ることもなさそうに思われる。

あれやこれやで、私がどうも、彼女はおかしいな、と思うのも、無理はないのである。

しかし、変化はそんなことよりも、みさを自身の上におこった。

めったになかったのに、遅刻してくるようになった。いらいらしているせいか、以前のゆったりした物言いが失なわれ、何かをきくと、

「知らんわ」

という答えが返ってくる。

昼食のあと、お天気がいいと日だまりで、日なたぼっこする私をおいて、

「ちょっと買物してくるわ」

と、そそくさと出あるく。一時になって、

「どこへ行ってたの?」

「となりのビルの屋上よ」

なんのためにまた、そんな所へ。

「屋上庭園がきれいにみえたから、見にいってたの」

昔はそんなとき、必らず、私を誘ったのに。というより、自分一人では心ぼそくて、出歩けなかったのに。

みさをは、お花をやめる、といい出した。

「家の近くに、和裁を教える所があるの、こんどは和裁を習おうと思って」

私には、それも、男とあう時間を作るためではないかと思える。というのは、みさをが和裁を習うなんて、これも信じられないのだ。着物は不経済で、あまり好かない、といっていたくせに。

「お先に、——今日ちょっと、親類がくるの」

終業ベルが鳴ると、きっちり、みさをは立ち上り、それもおかしい。いつも私のあとから、しまっていたのに。トイレも一人でゆく。要するに、私と一緒の行動はとらなくなったのだ。

私は、ひとりぼっちで帰ったり、おひるを過ごすことが多かった。それで、ほかの女の子は私たちが仲たがいしたのかと思っているらしい。

みさをは、着るものも、私が見たこともないものを着てくるようになった。

だいたい私は、みさをの衣服設計には全部タッチしていて、四季折々の服を、みんな、そらんじているのだ。服を着更えてくると、（そうそう、あんなのを持っていたっけ）とわがことのように思い出す。

新らしいものは、みんな私と一しょに買いにいったものばかり。それが、どうだ、私は目をみはった。

私の見たこともないブラウスやスーツまで次々と着てくるのだ。

「首吊りよ、マネキンに着せてるのを安く分けてもらうのよ、少しいたんでるけど、安いわ」

という。それにしても、そんな知恵さえ、みさをにはなかったはず。

それに、髪型がちがってきた。

これは決定的である。みさをはパーマをかけない髪で、先にクリップだけ捲いていたが、いまは、ほどよく切って、すこしパーマをあてていた。化粧品も、たくさん買いこみ、私はみさをが、眉ペンシルなど使っているのをはじめて見た。

化粧をはじめると、みさをは、口を利かなくなった。そして、化粧がうまいのか、みさをを自身、美しくなったのか、綺麗な女に、みるみる変身していったのである。

「その白粉《おしろい》、いい色ねえ……」

と私は、彼女の化粧品を手にとってみせてもらったが、ほんとうは、化粧品よりも、中身からの感動や刺戟で、輝やいているのではないか、それは恋である。

みさをは、化粧水もクリームも、私に使わせてくれたけど、何か、笑ってるような気もされた。

ウワベばかりぬたくったって、ダメなのよ、というふうな。

それにしても、みさをの相手はどんな男だろうか、私は昼食のとき、こんな話をする。

「第一工場にいる男の人で、いかす人、知ってる？　眼鏡かけた……」

「知ってるわ」

「あんなタイプの人、好き？」

「どっちでもええわ。あんまり興味ない」

「そうかなあ、みさをさんの好きなタイプやと思たけど」

「タイプなんて、ええかげんなものよ、もし好きになったら、そのタイプが好きになるし、前以てきめられへん」

「そうかなあ」

「そうよ、恋愛ってそんなものよ」

私は、パンチをくらって呻《うめ》いた。負うた子に浅瀬を教えられるという古いコトワザがそのまんま、いまの私の気持である。第一、みさをは今まで、そう断定的に、モノをいうような女ではなかった。

それが快よげに足を伸ばし、目をほそめて、自信ありげに言い切る。みさをの性格まで変ってきたような気がする。

3

みさをは、私とふたりきりでなく、男の子や若い女の子の仲間にも入ってゆきたそうにした。そればかりか、中年の社員たちの話も聞きたそうなそぶりをみせ、なかんずく私が驚いたのは、猥談でからかわれると、

「キャアッ!」

とてつもない声をあげて笑うことだった。

以前は、こそこそと逃げてきて、

「いやあねえ……」

と顔をしかめていたものを。私が、ええやないの、あれくらい、と慰さめると、本心からうとましげにしていたのだ。

それが今は、私の方が、

「いやあねえ、○○さん、て……」

といい、彼女は、

「でも、罪のない人ね」

と笑ったりする。そして、私をみて、また笑うのである。

何もいわないけれどもそれは、

（この、カマトト）

といっているみたいに思われる。私だって男たちが、女の子に聞かせようと思ってわざと声はりあげてする猥談は面白いのである。

しかしそういうことを顔に出せない。

「あら、男の人って、かわいらしいやないの、あれ位のこと……」

とみさをはとりなす如くいい、エ！　とまた私はびっくりする。

みさをの口から「男の人ってかわいらしい」なんて言葉を聞こうとは思わなかった。そんな言い方をするというのは、ふだんから、そういう見方で男を見、男と接していないと、出てこぬ言葉である。みさをは、私の知らない、べつの人生を持ちつつあるのだと、思われてきた。私はそれに嫉妬していなかったとはいえない。

しかし、私はどうしてもみさを自身に、どうして、変ったの？　と聞くことはできなかった。みさをの口から聞くことは、私だけとり残されたようで恐ろしいし、聞かせてくれなければくれないで、心を傷つけられるからである。

だが、もし、みさをに、ほんとに恋人ができたとしたら、それをかくす必要はないのだ。私がそうなら、自慢してみさをに打ちあけるだろう。

部屋の女の子たちの間には、恋人の名前を札入れに忍ばせることがはやっていた。化粧室でハンドバッグを開けるとき、チラと人目につくようにするのが粋なのだった。私なら、男の名刺を、それとなくハンドバッグに入れ、みさをには、ちらと見せたかもしれない。

しかし、みさをは、そういうこともない。

すると、あまり自慢にならぬ恋人、つまり家庭もちなのかしら？　しかし女の子の中には、そういう身の上の恋人でも、持っていることを自慢し、却って面白がり、粋がっているのが多い。

私はみさをに、一生けんめい、水を向けてみたが、みさをは、どうしても口を割らない。

誰かがいる、ということすら、とうとう白状しない。白状できないのかしら？

そうして私は、ハタ、と思い当ったのだ。

社内の男なんだ、きっと。

それも、独身じゃないのだ。

独身なら、女はうれしいものだから、吹聴《ふいちょう》して、いずれ噂が立つ。

深く静かに潜り、決して口にのぼらせることがないのは、相手の男が妻子もちだからだ。

妻子もちの、社内の人間となると、吹聴できない。

誰だろう？

しかし、私にはどうしても、いつかの電話の声が思い出せなかった。あれは、地声ではない気がする。

私は、車を持っている、ウチの会社の社員を調べようとしたが、これはかなり多い。

お花の稽古がある日、私ひとり、おそく帰った。私は、花の包みをもっていたので、電車の吊り環をつかまえるとき、片手にまとめなければならなかった。

モタモタしていると、

「荷物を持ったげよう」

と声がして、前の席の男が、ハンドバッグとふろしき包みをとりあげた。

見ると、総務部長の檜垣《ひがき》である。

私は礼をいって、上の網棚へあげるからよい、といった。しかし彼は「同じだ」といって膝に置いた。

あたまの毛をみると、みさをのいっていたごま塩はごくわずかである。両びんと、うしろだけ、ほんの少し、まじっている程度、よっぽどしげしげと観察しなければ、分らないようなもの。

みさをはどこで観察したんだろ。エレベーターで、といっていたけど。

しかし、こうしてみると、檜垣はさっぱりして、中々、いい中年だった。渋い、というよりも若々しくて、浮調子《うわ》ではないが快活で、人の舌をほぐすような所があり、白い歯を出して飾りけなくしゃべるので、こちらも釣られる。

魅力がある、といってもいいだろう。

「お花の稽古は、いつまでつづくんだ？」

「さあ。あれは終りがありませんから、希望者があればいつまでも……」

「師範になれるんだろう、いつかは……」

「でもそんなものは、とても」

と私は笑った。

「しかし、感心に、みんなよくつづくじゃないか。やめたものはないんだろう」

「はい。でも、須藤さんが、この間、やめました」

「ああ、そうだったな。——山川さんは、お花だけ？　稽古してるのは」

「お茶を、しています。割烹《かっぽう》学校は中退でした、時間がとれなくて」

「武芸十八般に通じているんじゃないか」

話しているうちに、地下鉄は、梅田についた。

梅田で別れたが、私はふと、部長の言葉を思い出した。

みさをが、お花を辞めたことを、どうして総務部長が知ってるのかしら——だって、たかが女の子の、いつお花をやめたかはじめたか、なんて動静を、いちいち知ってる方がおかしい、と思うものだ。

私は「そうだったな」という言葉にヘンな胸さわぎを感じた。ろくろく、今まで部長に注意を払わなかったけれど、これからはもっと注意しなくちゃ、いけない。

翌日、会社でうまくいいつくろって、総務の女の子に、部長の家庭のことを教えてもらう。奥さんは四つ下の三十八歳。子供さんは男の子ばかり二人、家は東神戸。

「奥さんは学校の先生だって。それも、大学の講師やねん、て。女学者らしいわ」

と、女の子は教えてくれた。

部長の身辺に漂っているのは、やっぱり、そういうインテリの匂いであるのか、奥さんは、英語の先生だそうである。

ある日、みさをは、口紅を塗っていた。

退《ひ》けどきだから、あたり前である。

しかし、しかし、だ。

口紅を塗るやり方も、いろいろある。

みさをは、特別、念入りに塗っていた。ふた色、オレンジ系の赤と、けし色の赤を重ねて塗っている。

重ねると、落ちない。そして、いい色になる。

男の人は、女が口紅を塗るなんて、てなれた画一的な動作だと思うのだろうが、念を入れてする作業はちがう。みさをは、真剣勝負のような目で、細心の注意を以て紅筆を使っていた。

それがおかしい。

家へ帰るだけのことで、なにをそう、念入りにするのだ。若い子ならいざ知らず。

私は、すぐわかった。今夜、きっとデートするんだな、と思った。

みさをは私と一緒に帰ったが、果して、この前と同じコースで桜橋へ出ていく。私はみさをと一緒に信号を渡った。多数の人が幅広く歩いているので、みさをにはみつからない。この前の所で、みさをは立ち止まり、私はすこし離れて、背を見せながら、注意していた。

と、白い車がすっと止まった。

ドアがあいて、みさをは乗りこんだ。そのまま、車は出て、ラッシュにまきこまれ、行方も知れなくなった。

そのとき私の感じたのは大いなる満足感である。やっぱり、私の推理が的中していたのがうれしくて、私はにやにや笑いをとめられなかった。

男の顔も姿も、見られなかったが、私は自動車の番号の下フタケタと上の列を見おぼえたので、平気だった。

次の日曜に、私は、東神戸をぶらぶらした。部長の家を捜すのである。

見つかっても、どうでもいえるのだ。私は大胆に、元山の住宅街をいったり来たりした。めざす家は青々と茂ったカイヅカの生け垣の上に、黒い瓦の屋根が安定よくのぞいている、意外に日本風の、がっちりした邸である。

ガレージがあいていて……そこに車があれば、うまく話は片付くのだが、車はなかった。

しかし、ガレージのシャッターが下りていない所をみると、この近くでも走ってるのだろうか。人の気配はなかった。

生け垣の向うから、テレビの音が聞こえてきた。

私はふと、

（いい気なもんだナー）

と不快になったのだ。

こんな、りっぱな家に住んでいて、きちんとした生活を持っていて、……それでいて、陰でこそこそ、しているとは許せない。人道上見すごしがたい。どういうことだ。

あんまり身勝手ではないか。人間の生活には規律というものがある。

私は、みさをが、口紅を塗ってるときの、真剣な熱気を思い出した。あれは、あの熱気は、じつに怪しからんと思うものだ。なぜなら、排他的だからである。

男と二人きりの世界を持っていることを、沈黙のうちにむんむんと知らせるような、熱気である。

他人のはいりこめない熱気である。

その相手の男が、もし、部長ならば、ゆるしがたき背徳《はいとく》といわねばならぬ。

私は、部長の車が帰ってくるまで、野宿してもいい気持になっていた。

車の音がして、電柱の立っている角を、白い車がのぼってきた。道は、神戸らしく、坂になっていて、車の鼻面が先に見える。白い車は、私が向いの路地からながめていると部長邸の前にとまった。

目の前をすぎるとき、私は、私の記憶している番号と一致していることを見てとった。ドアがあいて、クモの子を散らしたように、小さな男の子が二人、とび出し、喚声をあげながら、家の中へ入っていった。

部長と奥さんの年にしては、小さすぎる。小学二年生くらいと、学齢前のような子供である。

部長は、縞の上衣に、青いポロシャツを着て、魅力的で、すがすがしい顔をしている。

バックで、慣れたふうに、いっぺんに車をガレージへ入れた。

それからシャッターを内側からおろし、そのまま、姿は見えなくなった。

私は、いつかみさをの所に来た、女名前の手紙も、彼が書いたのではないか、と信じはじめていた。それは、私が今まで知らなかった人間の未知の部分であった。あんなにすがすがしく堂々とした男が、女名前で手紙を出すということ、そういう厭らしい陰湿な手段を、人間はとれるという、その発見である。

私が、その場を立ち去ろうとしたとき、門がひらいて、女が出てきた。

彼女は買物籠を手にしていた。門の内からかん高い子供の声で、

「ママ、……を買ってきてえ！」

と叫んだ。「……」の所は、私にはきこえなかった。

女はふり返って、

「はあい」

とひとこと、いった。澄んだ、屈託のない声である。

私はすぐ、この奥さんは、夫の情事を知らないな、と思った。そうでないと、あんな声が出せるはずはないのだ。

奥さんは、声と同じように、顔色も澄んで色白の、美人といってもいい人だった、部長と奥さんを並べてみれば、好一対にちがいない。私は、奥さんのうしろについて、ぶらぶらあるいた。うしろから、彼女の耳へ、私の知ってる事実をそそぎこみたくてたまらなかった。すこし太りじしだが、けっこう、それも魅力である。

奥さんはマーケットの中へ姿を消し、私は駅へ向った。

翌日、みさをは、「おはよう」と晴れ晴れした声でいった。

「きのう、どこかへいった？」

「いいえ、行かないわよ。家で寝てたわ」

私は陰気な声で答えた。

4

家で寝て、私が何をしていたかというと、私は、みさをと、檜垣部長のことばかり考えていたのだ。

あのみさをが、無味無臭の空気みたいなみさをが、部長と、あれからどこへいって、どんな風にすごしたのだろうと思うと、いても立ってもいられず、イライラして、顔が赤くなったり青くなったりした。

私は心の中で怒りが渦巻くのを感じていた。それはごうごうと噴きあげ、とどろき、はためいている。

みさをが、私より先に恋を知っていること、そういうのはかまわないと思うものだ。しかし、その相手が、妻子もある男とは、どういうことだ。

しかも、およそ、完全犯罪で、誰知るものもないのだから、二人は、してやったりと舌を出し、世間や奥さんをあざむいているのだ。その不道徳がゆるせない。

みさをが足をひきずるようにあるく、その歩き方さえ、淫蕩《いんとう》に思えてきた。

どうも何もかも気に入らぬ。

私はまだ何も知らない世界へ、みさをはひとり私をおいて飛び越えてしまった。そのことで私は、じつの所、クラクラしてるのである。

「三十も越えてバージンなんて不潔やぞ」

と、姉の夫にからかわれ、私は年賀状にはいつも、

「ことしこそ、清潔になります」

などと書いて人々を笑わせていたが、そこをみさをに先をこされたのも癪《しゃく》だ。

私は不機嫌になり、無口になった。そして横にいるみさをが、どんな恰好をして部長と体を合せてるんだろうと、肘をついて考える。尤も、たいていそれはテレビや、雑誌のさしえから想像するだけである。

そうして、私はつねに怒りを感ずるのである。

嫉妬とは思えない。

私は、正義人道、ヒトのミチのために憤っているのだと思う。しかし、本当は、嫉妬なのだ。自分でも分っているから、みじめだ。

ある晩、私は友達とアパートで飲んでいた。私は、どんな人間にも——当事者のみさをにすら、私が、みさをのことを知っている、とはひとこともいわなかった。

ひとりで苦しんだり、のたうちまわったりしてきたのだ。それで、友達にもいわずに、

その子が帰ってから、酒の酔いも手伝ってよけい苦しくなった。

私は、みさをの家へ電話をかけた。

標準語を使って、みさをにいった。

「部長と別れなさい。道ならぬことをしてると、いつか破滅が訪れます」

みさをは、向うでだまりこくっていた。

でも、ゴクンとツバをのみこんでいる音が聞こえそう。私は声をずうっと低くしていた。

「いいですね」

みさをはとうとう一語も発しないまま、私は切った。

次に、部長の家へかけた。

はじめ、奥さんが出て来た。この間きいた美しい声の奥さんだ。

「主人はもう臥せっておりますが、どちらさまですか?」

「出して下さい。直接話します」

低い声でいうと老婆のように声がしゃがれた。

「どういうご用件でしょう?」

奥さんは警戒的な声になった。それで私は、この奥さんも、見かけの美しくやさしそう
なのにかかわらず、シンは、長年、この人生を生きぬいてきたシタタカな、百戦練磨のツ

ワモノであるとわかった。

いかにも、たよたよして、一点、底に、バカにすると承知しないぞ、という気概があるのだ。

「みさをのことだ、といって下さい。みさを」

「は？」

私は電話を切った。

このあと、明日か明後日か、きっと、みさをと部長は、どこかで会って、陰気な、おそろしい電話の話をし合うだろう。

それが、二人を離せばよし、なおむすびつけるとしたら……。

私は翌朝、みさをに快活にいった。

「今日、寄席にいかない？　島之内寄席の日よ」

「そうねえ……」

とみさをは、昔の調子が出て、煮えきらない、やさしい、沈んだ声でいっていた。

「今日はまあ、やめとくわ」

「そう、残念ね。いつもみさをさんといっていたのに」

みさをは、一日中、何だかぼんやりしていた。

その晩も、私は、みさをに電話した。

「部長と別れないと、みんなに言います。白い車で、桜橋から乗っているのも、わかってるのです」

「あんた、だれ！」

とみさをは、悲鳴をあげていた。

「誰も知らないと思ってるんでしょうが、みんなうすうす、気付いてる。部長は奥さんと別れませんよ」

私はもっと言いたかったが、あまりいうとばれると思って、そのへんで切った。

翌朝、みさをはもっと、しおれていた。面白くなさそうな顔で、いやいや仕事をしていたが、とうとう、早退《はやび》けしてしまった。

私は、夕方、みさをの家に電話した。

「どうしたの？」

私はことさら、かん高い声でいった。

「お具合はどう、心配してるのよ」

「ありがとう、すこし眠ったら気分よくなって。あしたはいくわ。早退けしてごめんなさい。仕事、いそがしかった？」

みさをは、私の声に安心したのか、ほっとしていった。

「お大事にね。さいなら」

私は、髪を梳《す》きながら、窓に坐っていた。私は、みさをに気どらせるようなことはないと思っていたものの、みさをと、部長の話し合いのもようを聞きたくてたまらなかった。ニクソンが盗聴したがるはずだと思った。しかも、これは人間の道、という大きな問題であり、一国の政府がどうのこうのという、ちっぽけなケースではないのだ。

私はそれから、毎夜、電話をかけた。

「あなた、誰なんです！」

とみさをは押し殺した声で喘《あえ》いだ。

きっと、彼女は、親にも家族にも打ちあけかねているのだ。

しかし毎晩、

「みさをさんをお願いします」

という、老婆のようなしゃがれ声を聞いてとりつぐ家族も、しだいに、ヘンに思いはじめたようであった。

「私は、檜垣の家内です」

「うそです！　奥さんはそんな声とちがうわ」

「子供のことを考えて下さい。まだ小さい子です。――別れなさい、私は檜垣の家内です。家内が、……」

「ちがう、ちがう、うそだ。うそです。そんなこと……奥さんが、知るはず、ありません！」

みさをはぎゃっと叫んで、自分から切ってしまった。

あくる日、会社へいって、私は歌いながら掃除する。

みさをは、よろけながら、出勤してきた。

「あたまが痛くて、こまっちゃうわ」

「お薬をもらってきてあげるわ」

と私は、医務室へいって、痛み止めの薬をコップの水と共にはこんだ。

「具合わるいみたいねえ。また、早退けしたらどうですか」

「大丈夫よ」

みさをは、私ににっこりして、薬を服《の》んだ。

「山川さんて、いつも親切ね。いちど、相談に乗ってもらおうかな」

「何《な》あに？」

「そのうちに話すわ」

話さなくても、こっちはお見通しですよ、といいたい所であった。

その晩はもう、電話をしないで、古いテレビで、古い映画を見て寝た。

夜半、私は、仏頂面の管理人に起された。

「電話ですよ」

私は、とたん、総身にぞーっと水をあびたようになった。

そして次の瞬間、なぜ私が、そんなに怯《ひる》まねばならぬのだ、と思った。

私は、悪いことはしてないじゃないか。

人間の道にはずれたことを、私がしたか。人に顔向けならぬことを、いつ、私がしましたかね。世間の規律、人の世のおきて通りに生きてる。

ここそこと、町角で車に拾われるようなことをしたおぼえはないのだ。

いわば正義の側に立っているのだ。

電話に出てみると、みさをだった。みさをはすすり泣いていた。

「いま、また、電話がかかったの」

「電話？」

「それが、ヘンな電話。出ると切れるの。実をいうと、この間から、ヘンな電話がかかるの。今夜のは、とくにヘン。ひとことも、ものをいわないの」

私は寒くなった。私は、かけてない。

「怖いわ。あたし、もう、どうしてええかわからへん」

「……みさをさん、しっかりしてよ、あんた何を、いうてるのか、私にはさっぱりわからへん」

私は意識してあかるい声を出していた。

5

次の、次の週の日曜くらい、だと思う。檜垣部長の車が、県境のダムへ落ちて、乗っていたみさをと、部長が死体で引きあげられたのは。

会社の幹部は「ちっとも知りませんでした、二人がそんな関係だなんて」と青くなっていた。遺書もなかったというし、運転のあやまりだろう、ということになったが、スキャンダルにはちがいなかった。

でも私には、部長が運転をあやまったとも思えない。人の道にそむく良心の苛責に堪えかねたのではないかしらん、と思うものだ。

部長の奥さんには気の毒だが、死を以て、清算すべき仲であるように思われる。

私は、悪いことはしてない。

そう思うのに、今も分らないことは二つある。一つは、あの夜、みさをの所にかかったものいわぬ電話。それに一つは、桜橋を通るとき、いまも、ラクダ色のコートに、黒いブーツの人影がチラチラ見えて困ることである。

私は、もう何ヵ月か先の年賀状にもまた、「今年こそ、清潔になります」と書かねばならない。仕方ない。簡単に清潔になるには、私の人生は、鉄のような規律で縛られすぎているのだ。

# 愛の周り

そのとき、ぼくは席を蹴《け》って起《た》つべきでした。

しかし、ぼくはなぜか「席を蹴って」とか「まなじりを決して」とか「奮然、決然」とか、「きっと」あるいは「ぴしっと」あるいは「きっぱり」または「断固として」というようなことに縁遠い性分なんです。子供の時からです。中学生じぶんぐらいから、そんな自分の気質がいやでしたが、こういうものはなおらぬものですね。

なおさな、あかん、といつも思うのですが、どうしても、

「しぶしぶ」

あるいは、

「うかうか」

または、

「なんとなく」

周囲の状況に流されてしまうというところがあります。あとで考えて、そんな自分にやけに腹立つのですが、中々直りません。二十七歳まで直らないままで、きてます。こういうのは優柔不断というのでしょうか、尻腰《しっこし》がない、というのでしょうか、自分としてはそればっかりでもない、という気がするのですが、しゃァないなァと思ってしまう。

今でもおぼえてますが、中学の頃、母の里の、岡山県の奥の村へ遊びにいきました。夏休みはよく行ってたんです。同じ村のおばさんがぼくをつかまえて、

「兄ちゃん、ついそこまで行くんじゃが、子供を背負うてくれんかのう、悪《わり》いけど」

と頼む。二つ三つの小さな子を連れ、両手に荷物いっぱい持っている、気の毒やし、ついそこ、というんやから行ったげよか、と思ってしまう。

しかしこのとき実は悪い予感もあった。田舎《いなか》の人の「ついそこ」はやけに遠いこともある、というチエも、持ち合せていたのであります。といっておばさんの様子を見れば同情するし、……これはやっぱりぼくがお人よしというのか、おめでたいというのか、そいつが尻腰のなさと結びついてしまうんでしょうか。で、「はい」とかいってそのガキを背《せ》ろうて、(これが固太りの子で結構重かった)おばさんのあとへついていくと、おばさんはずんずん山の中へはいり、細い山道を辿《たど》る。田舎のムカシ人間は足も達者です。「もうついそこ、じゃけえなあ。この道は車も走れんでのう、バスは遠まわりになって、えろう

高価《たこ》うつくけえ、おえりゃせん」なんていいつつ、峠へ着くと今度は下りはじめた。ついそこ、じゃけえなあ、といいつつ、またもや山道は登りにかかる。背中のガキは眠りこけて重くなる、足取りはよたよたして眼はくらむ、兄ちゃん、ついそこじゃけえと励まされ、とうとう二《ふ》タ山《やま》越えてしまったのであります。おばさんはバス代を節約するためにぼくをポーター代りにしたのですが、これもぼくの「うかうか」人生の結果で、誰を怨《うら》むわけにもいかない。

大学を出てしばらくした頃、会社の取引先の問屋会社のOLの一人が、ぼくにえらくやさしかった。ぼくの会社は中ぐらいの軽金属メーカーですが、その女の子はウチへ来い来い、というんです。わりに美人でした。

親に逢《あ》ってくれ、と。

なんで逢わんならんねん。ぼくは親より、美人の娘と逢《お》うてたらええねん。

しかしぼくのいつもの癖で、きっぱりとことわれない。しぶしぶ、ついていきました。お父さんとお母さんが出てきた。手料理とビールで歓待してくれる。妹たちが代る代る出てくる。（また妹の多いうちだった）お母さんがぼくにいろいろ訊《き》く。まず係累、出身地。両親は健在か、兄弟は何人、家は持家か借家か、月給はいくら、ボーナスはいくら……。もうその頃にはお父さんも娘もいずに、お母さん一人が夢中でぼくに聞きまくる。

聞くだけ聞くとお母さんは愛想笑いして、「それじゃどうも。今日はおもてなしも充分できなくて。あっ、そうそう、肝腎《かんじん》のこと、わすれてたわ、ご出身大学はどちらでしたっけ?」ぼくは新しくできた三流大学を出た人間で、「ご出身」といわれるほどのものではありません。

しかし、仕方ないので、小さい声で、

「尼崎《あまがさき》大学です」

といった。尼崎は大阪の西どなりの郊外都市で、そこに新設された私立の大学ですが、創立者の考えでは地域に密着した学問を、ということで土地の名を冠したそうです。しかしたいていの人は知らない。知ってるのは受験生だけです。尤《もっと》も地元では、近いから下宿代がたすかると人気で、今では九州四国からも受験生がくるそうですけど、果してお母さんも耳馴れぬのか、

「え?」

と聞き返す。聞き返すな、ちゅうねん。恥の上塗りではないか、二度といいたくない。だから、よけい声が小さくなり、再び、

「尼崎大学。みな、アマダイ、いいますが」

というと、

「そんな学校、ありましたっけ？　アマダイなんて、甘鯛《ぐじ》みたいな名前ねえ」

隣の部屋でどっと娘たちの笑い声があがり、これは応酬《やりとり》を聞いていたためでありましょう、ぼくはほうほうのていで逃げて帰りました。しかし、しぶしぶでもついていくから、こんな目にあうのだ、自分の優柔不断がうとましい。しぶしぶの底には、あるいは、ひょっとして結婚？　という気もあった。結婚はまだ早いと思うけど、もしかして、

（ぜひ、うちの娘を……）

といわれるかもしれない、そういう虫のいい気もあったのはたしかであります。これを大阪弁では、

「スケベ根性」

といいます。（べつに大阪弁でなくてもいうが）――結局ぼくは面接で落ちたというわけでしょう。

それというのも、ウチの会社「旭軽金属」へ入ってビックリしたんですが、男の独身者がやたら多いのであります。シングル志向なのか、やむをえずシングルなのかわかりませんが、係長の関さんなぞは四十二で独り者、（母親と二人暮しだそう）これを筆頭に、四十の滝本さん、三十八の吉成《よしなり》さん、……よその課では四十五の独身男もいるといいます。そういう先輩たちが、ぼくら後輩をつかまえて、「結婚は汐《しお》どきやぜ。いっぱい、あとが

ある、思《おも》てると、バタッと縁談も色ごとも汐の退《ひ》くようにみるみる向うへ遠のいてしまう。そのうち男も容色が落ちて、あたまは薄うなる。腹は出てくる、結婚相談所へいっても書類審査の写真だけで、まず、オナゴは、はねよる。気ィつけえよ。工藤くん」

とおどすのであります。ぼくらはにやにや笑ってヒトゴトのように聞いていました。しかし毎年、新しくフレッシュマンが入ってくる。ぼくらはだんだん霞《かす》む、これはヒトゴトやない、と思うようになりました。ぼくは背も高くなく、顔だってごくありきたりで、別あつらえや特註《とくちゅう》というものではなし、学歴はなんせアマダイ卒であります。高望みはしませんが、やっぱり、

「ぼくだけの」

彼女、というのは欲しいと思いました。とくにまわりを見廻《みまわ》して、冬に、彼女のいないのは侘《わび》しいものです。冬はクリスマスやバレンタインデーというイベントが多い、こういうときにまっすぐ一人で安アパートの二階へ、吹きさらしの鉄の階段をがたがたあがって一人で帰っていくのは何ともいえぬものです。

ぼくは父はもう亡くしていますが、母親は神戸で兄夫婦と暮らしています。これが共働きで母は子供二人の世話をするのに追われ、私設保育所というあんばい、忙しくてぼくの面倒を見るどころではなく、あてにはできないのです。

会社には若い子もハイ・ミスもいますが、みなそれぞれに美しいばかりでなく、お高くとまっているようにぼくにはみえ、とても相手にしてくれそうにもありません。それに、金がかかりそうな女の子ばかりです。今日びの子は、シティホテルのワンナイトや、ティファニーのハートのペンダントや、パールの指環をプレゼントにねだるそうではありませんか。

なんで薄給のぼくらにそんなプレゼントできるねん。毎日着る服のローンに追われてるというのに。

同僚だから、ふところの寒さも察して、相手にしてくれないのだろうと思っていますと、独身連名オトコ組、というような、滝本さんや吉成さんが、にやにやして、

「あれはなあ、みな、きまった男、おるねん」

といいます。

「は？　なんで分るんですか」

「オトコおる女の子は、目つきがきょろきょろ、せえへん。若い女は自然の摂理で、年頃になると本能的に、若い男に目移りする。しらずしらず心をひかれて、あれこれ、きょろきょろ、さがす。ほんで、これという男にきまったら、もう、ホカのに目もくれへん」

「ははあ。そんなもんですか」

「男は違《ちゃ》うデ。男はきまった女の子おっても、美人いてたら目がひとりでにそっちへいく。気をそそられる。男はいつもきょろきょろの大家や。限りなくきょろきょろ性がある。しかし女の子は違《ちゃ》う。きまった男おると、目つきがきょろつかん。ウチの課はみな、そうやな」

こんなことをいうのは三十八の吉成さんであります。

「そら、ひとむかし前の女の子やぜ」

と笑うのは四十二の関さん、

「今日びの子ォは、ステディな彼氏おっても、好みのタイプの男おったら、目ェがきょろきょろする。いまや、男も女も変らんようになった」

「ぼくら、女にもてへんだけ、そのぶん、観察が深うなってなあ、これはこれで、じっくり人生楽しめて、独りぐらし、いうのもまた、おもろいもんやデ、ふぁっふぁっ、……」

と笑うのは四十の大台に乗った滝本さん、何を痩《や》せがまんいうてるねん、とぼくは思いましたが、三人そろって、前額部の髪が後退したり、頭頂が薄くなっている、ぼくもそのうち仲間に入って、若手の後輩に、「女の子に関する考察と観察」のレクチュアをするようになったら、かなわんなあと思いました。

それにしても、そんなに女の子たちは簡単に男の子をきめてるもんなんでしょうか。また、きまった彼がいても、目がきょろきょろ、するもんでしょうか、とうてい信じられないと思っているとき、同じ課の沢田かすみとぼくは映画館で偶然会ったのがきっかけで、仲ヨクなりました。ちょっと小柄ですが、（その点、背のあまり高くないぼくと釣合う）可愛くてハキハキしたところが好きなんです。ぼくは「うーん」とか「うかうか」とか、「なんとなく」流されるタチですから、名前はかすみですが、かすんだところはなく、ハッキリ、ハキハキしたかすみが好もしいのでした。その年のクリスマスはかすみに指環をプレゼントして、（クリスマス三割引というヤツ、それでも小粒のパールがたくさん集ってるので何ともぼくには高価でした）シティホテルに泊って（予約したら、先に払いこんでくれといわれ、カードローンで払った。予約だけでキャンセルする客がこの時期多いそう）人なみに幸せなクリスマス――をしようと思っていたら、その、ちょっと前にかすみは指環を落したという。

「なんで落してん。どないして」

「小指のほうが似合うかな、と思って、ちょっとゆる目やったけど、小指にはめてたら、するっと抜けちゃったらしいのよね、どこで落したか、わからへん」

なんで小指にはめないかんねん。まだローンも払《はろ》てないのに。そう思いましたが、言葉には出せない。かすみは気にもとめず、

「こんどはプラチナにして。ねえ、工藤さん、あたし、梅田《うめだ》の店でみつけたんあるねん、いまならまだクリスマスセールよ」

　ぼくは内心、うっと思って返事も一瞬、おくれました。ぼくはかすみのためなら、もういっぺんローンを組んで指環を買っても惜しくはないと思っていますが、つづけざまに二つ目を買わねばならぬ事態は予想外でしたから、反応がちょっとおそくなった、それだけなんです。しかしかすみはハキハキした子ですから、ズケッというのでした。

「なあに、その顔。指環落したん責めてるのねっ。そうか、あんたといると、いつまでもそれ責められそうで針の筵《むしろ》やわ、さいならっ」

　かすみとはそれっきり。かすみは針の筵やわ、といって席をたてばいいのですが、こちらはローンの首枷《くびかせ》がはまってしまった。半年ばかりしてかすみは結婚退社してしまいました。

　それでもかすみとぼくは恋人っぽく一、二度は寝たこともあったし、ぼくも好きだったのですから、あとにローンの首枷が残ってもしかたないのです。宮沢ちえみのときはひどかったです。

　ちえみはコンピューターをいじってる子ですが、髪の長い、面長《おもなが》の美人です。声はハスキーボイスで、そのしゃがれっぷりが色っぽく、ちょっと胴長の感じでしたが、それも妙に男心をそそる、というふうな女の子です。ぼくより若いけど、ずっと世間擦れしてるかんじ。

ぼくはある日、ちえみに誘われた。

「ねえ、今日、ちょっと濃密しない？」

優柔不断なぼくもこんなときは「うーん」といわない。「よっしゃ、ええデ」即、快諾。ちえみの友人とディスコへいこ、というのでした。ぼくは奮い立たずにいられない。あわてでまた、カードでキャッシュを用意しておきました。「青春する」ということは金のかかることなのに、それ以上に「濃密する」とくればどれだけ資本が要るかわかりません。

ちえみはぼくと腕を組み、

「なるべく、あたしの体に触ってて、恋人ふうに」

ぼくはもちろん、こういうときは断固としてちえみのいう通りにする。

ディスコでちえみの友人に会いました。向うはカップルで、これは誰がみてもわかるぐらい、ほんものの恋人らしく、濃密そのもの、でした。ちえみはそれに負けずぼくにキスして長い髪をぼくの胸にあずける。ぼくもだんだんその気分が乗りうつり、酔いも手伝ってしっかりちえみを抱きしめ、彼女がずっと前からの恋人みたいな気分になりました。ちえみの友人たちはそのうち、帰るといい、「あんたらも早《は》よ帰りや」とにやにやしました。

ちえみは彼女らが帰ってしまうと、頓《とみ》に酔いもさめたのかして、つまらなさそうに、

「あたしらも帰ろか」

ぼくは、ちえみの「あたしら」という、らが嬉《うれ》しかったです。友人も「あんたら」といったけれど、ちえみが「あたしら」といったのは、カップルとしてちえみがぼくのことを考えているせいでしょう。そのあとミナミの雑踏の中をあるきながら、ぼくと同じか、ぼくより高いか、という身長のちえみに寄り添い、「このあと、どうする？　いこか？」といったのは、気持のながれから自然のコースだと思っていたのです。

　ところがちえみは足を止めるとやたら正確に、

「いこ、て、ホテルのこと？」

　とたしかめ、あたりまえやないか。

「そんなつもりないわ、今夜は」

　こういうときのハスキーボイスは冷酷無残に聞かれます。

「そのつもりで来たん違《ちゃ》うよって、ショーツは古いのんはいてるし、腋毛《わきげ》も剃《そ》ってないし、第一、工藤さんじゃ気分はブルーで、いまいち、ノリがわるいわ、ディスコならともかく」

「ほな、なんでぼく、誘《さそ》てん」

「友達に見せつけたろ、思《おも》てん。だってあっち、あんなにべたべたして、見せまくるんやもん。あたしもあるよ、というのを見せつけてやりたかっただけ」

「なーんや。濃密する、いうからぼくは……」

「わざと見せつけてべたべたするのを濃密する、いうねんよ。知らんの？」

「知らん。ぼく、古いのんかなあ……」

「エラ古《ふる》や。いうたらなんやけど、工藤さんて、なんかそういうの、たのみやすい人に見えるのねえ。許してちょんまげ」

なぐったろか、思った。バーイ、と地下鉄の違うホームへちえみはあがってゆき、ちえみともそれきり。

翌日、彼女はすましてルージュもきっかりと、髪には、夜の頽廃《たいはい》のあともとどめず、さらさらと純情そうに流し、白眼のところが青く見えるほど澄んだ眼で、誰かれなしに、「おはようございます」と魅力的なハスキーボイスでした。

もちろん、ぼくにも、顔の筋を毛ほども動かしません。ぼくはカードローンが増えただけ、もう女の子には引っかかるまいと決意していると、昼休み、地下のたべもの街でちえみにすれちがった。彼女はにやっとして、

「――また濃密しよな」

ぼくは何というおめでたい人間でありましょう、思わずほたほたと頬《ほお》がゆるみ、だらしない蛇口から水が洩《も》れるように、

「たのむデ」

なんていっていたではありませんか。

みせかけ、あてつけの「濃密」なんかどうしようもないとわかっているのに。

そんな経験があるので秋川サンにもちかけられたときは、怒る、というより情けなかったです。ぼくは宮沢ちえみのいうように、「なんか、そういうの、たのみやすい人」なんでしょうか。

秋川サンは去年の異動で、西淀川区《にしよどがわ》の姫島《ひめじま》工場から本社の営業課へ移ってきた女性です。三十五、六のハイ・ミスですが、そのぐらいの年の人はたくさんいるはずなのに、なぜか秋川サン一人、とてもおばさんっぽく、みえる。

横太りの体つき、背は低くお尻《しり》は平たく、胸は小さく、胃かおなかか、はっきり見ていないのでよくわかりませんが、ともかくボディの前面、まん中へんがぷっくり、ふくれあがってる。足は短い。縮れっ毛、これはナチュラルパーマ、というヤツらしい。それも肩まであるのを、首のうしろで黒いリボンで括《くく》っています。

顔は楕円形《だえんけい》、というと卵型を想像する人もあるでしょうが、楕円は楕円でも横にしたヤ

ツ、横楕円という形です。だから顔が大きくみえます。デカツラはいまは流行《はや》らないので、そこんとこも、とても日本的伝統風というのでしょうか。

色白で、鼻は小さいのですが、口が大きい。よく伸び縮みする唇です。声はわりに可愛らしいアルトです。眼に特徴のある人で、グリグリと大きく飛び出しそうで、しかも妙に水っぽい。ぼくは（ベティおばさん、という感じやなあ）と思っていました。マンガのベティ・ブープではなくて、昔の女優のベティ・デイビスというのにどこやら似てるからです。大学時代の友人が映画マニアで、古い映画雑誌をたくさん見せてくれました。ベティ・デイビスは昔の名女優だそうですが、ぼくはその映画を見ていません。しかしベティ・デイビスは、写真でみると、唇の両端が妙に下へひん曲って、意地悪《いけず》そうにみえました。あるいは何か、深遠な哲理を一人で思いつき、ひそかににんまりして、俗物大衆にこんな真理が悟れるかい、といいたげな顔にも見えました。（映画で見たら、きっと印象は違うでしょうが）

秋川サンは、そのとび出がちの水っぽい大きい眼が、名女優に似てるというだけで、意地悪《いけず》なところはみえません。それどころか、その横楕円の顔、水っぽい出目、大きい唇などが醸《かも》し出す表情に、何ともいえぬ、ある、わるくない表情があります。

——そうとしか、いえない。

それはみとめますが、しかしぼくらぐらいの年頃では、そして男としては、その表情のよさを分析研究する手間もゆとりもないので、単に、

(おばさんっぽい)

(ベティおばさん)

という仕分けになってしまうのであります。

その秋川サンにぼくは、今夜御飯つきおうてくれる、といわれ、イタリアンレストランを奢《おご》ってもらいました。といっても貝や魚がいっぱいはいった大盛りスパゲティとテーブルワインですが、サラリー前でしたし、どうせ帰っても炒飯《チャーハン》ぐらいしかできないのですから、うーん、ベティおばさんとめし食うのか、という気もあったけど、まあ、奢ってもらって美味《うま》かった。

それはいいのですが、私服になった秋川サンは凄《すご》い恰好《かっこう》だった。Vゾーンの衿《えり》の白いセーターの下は赤いチェックのボタンダウンのシャツ、ベージュ地に花柄のネクタイ、まるで十八、九のコのファッションではありませんか。

でもぼくは蛮勇を振るって、

「よう似合いはりますね」

といったのは、例のぼくの、「なんとなく」路線のせい。

ぼくは向きあってめしを食うだけの人とでも、なんか、ふんわかムードを作りたいほうなんです。秋川サンは顔を輝かせ、

「ありがと、あたし『ｎｏｎ・ｎｏ』が好きなもんで。これって、フランスのリセ調なんですってね」

何がリセやねん、ヤラセや、と思いましたがそれはいわない、そのうち秋川サンのおしゃべりが不快じゃないどころか、わりに面白く、向きあって会話しても食事しても結構たのしくなってきたのです。彼女はワインの酔いのせいか水っぽい出目はいよいようるんで、小さい鼻のあたまは汗か脂か、テカりまくっていましたが、ぼくの眼にだんだん、美人に見えてきた。

というのは、ぼくのことを、秋川サンはほめてくれるのです。

ぼくが気がよくてやさしいことをかねがね感じ入っていたという。

「そんなあ。ぼく、優柔不断でグズ、というだけですわ。しぶしぶ、うかうか、なんとなく生きてるだけです。キパッとしたとこ、ないんですわ」

「キパッとすりゃいい、ってもんやないわ、優柔不断、いうことは、あっちに気をつかい、こっちの顔もたてんならんし……という、やさしい心づかいがあることよ。キパッとした男、なんて野蛮やないの。それにあんた、工藤さん、その顔も好きよ、あたしのタイプや

わ」

「そうかなあ、人格の高さが顔にあらわれてるわ」

「ううん、人格は平凡でしょう」

「人格は低うてもええけど、もうちょっと背が高かったら……と思うよ」

「高けりゃいい、ってもんやないわ。低い男の子のほうが賢くみえるわよ、ウドの大木、っていうやない？　長すぎる脚って、無意味で冗長よ、高いのがよかったら、究極の美はキリンになるやないの、あほらし」

「ほんま、ほんま」

と盛りあがり、何ですね、自分をほめてくれる席というのは居心地いいもんですね、そう思いつつ、ベティおばさんがぼくをこんなに持ちあげる真意は何だろう、とはかりかねていたのです。まさか金を貸してくれというのではあるまい、もしかすると姪《めい》なんかの縁談相手にと考えてるのか、安サラリーのアマダイ卒男を物ともせず、というのであれば、その女、よっぽど激ブスやろか、これは警戒せなあかん、と思ったり、しました。そのうち、

「工藤さん、アマダイやて、ねえ……」

といよいよ身許調査になります。

「あたしも尼崎から通《かよ》てんのよ」

尼崎はJRにしろ阪神《はんしん》電車にしろ、大阪まで三、四十分という近さですから、たいへん便利な通勤通学圏です。市の北部には閑静な住宅地もありますが、南部の浜側には広大な工場地帯を擁していて、公害の町とか、競艇《きょうてい》の町、ざっくばらん、猥雑《わいざつ》な下町、というイメージが強く、このあたりでは、アマガサキ、などとていねいに呼んだりしません。単に、アマ、とだけ呼ぶ。〈アマで飲もか〉などという調子です。〈安いよってな〉とあとへつく。

「いえ、六甲《ろっこう》のほうにマンションあるねんけど、そこから通いにくいよって、昔から住んでるアマの借家にいますねん。三和《さんわ》市場の裏で汚いねんけど……」

「そやけどあそこは便利ですよ、それに、にぎやかでよろしよ」

三和市場というのは巨大なマーケットで、およそ売ってないものはないというくらい、終戦後の闇市《やみいち》以来の伝統を誇っている、いうなら市場の名門です。かなり遠くからも買物に来ます。

「まあね」

秋川サンはワインをまた注文する。

「便利すぎてウチの父みたいな酒好きにはあかんねんわ、とうとう肝臓いわしてしもて、病院へ入れましてん。なんぼお酒やめ、いうてもきけへん。父のいうのには」

秋川サンの水っぽい出目がぐるぐる動いてぼくを見据え、

「オマエが結婚する気ィになって、これが婚約者です、と男でも引っぱってきてみい、そんな甲斐性あったらワシも酒やめたる、と」

秋川サンの肚《はら》の底がほぼわかった。でもぼくは気付かないふうで黙って出かたをまっていた。

「――そんなことというねんよ、あたし、父には長生きしてほしいから、いうようにしてやりたいの、工藤さん、お願い、父をたすけると思って……」

「いや、それはかなわん、秋川サンの親思いには感心しますけど、ぼく、そんなつもりはありませんわ」

ここはどうしても、ぴしっといわずにおられませんでした。何が姪やねん、秋川サン、自分自身を売り込んでいるではないか。これはうかうか、なんとなく押されてはたいへんなことになる。ぼくは一生一度という感じで、声もりりしく、きっぱりと断言する。

「それだけはおことわりします」

「まあまあ」

秋川サンはちっとも動じない。

「ほんまに婚約するのやないの、恰好《かっこう》だけ、つまり演技してもらうの、それらしく」

ぼくは宮沢ちえみの「濃密する？」を思い出しました。あれは、でも、それなりに楽しかったが、このベティおばさんとでは。……

「もちろん、ちゃんとおカネ払うわ、ねえ、五万円払う。どう、ちょっと行って、父に顔見せてやるだけ。どうせ、将来《さき》は長うないねんし、安心させてやりたいの」

「長うない人やから、よけい欺《だま》すのん、いやや。それに、そんなウソついたかて、病人は感覚鋭いから欺されませんよ」

「女親やったら欺されへんけど、男親は欺しやすいわよ、それは大丈夫」

「——なんでぼくが、いかな、あかんのですか。関さんや滝本さんにいいはったらどうですか」——ぼくは社内の独身グループの名をあげた。

「あたしかて、誰でもエエ、というわけにはいかないわよ、それこそ、好き好きやないの、それに」

秋川サンは何ともいえぬ、あの表情をみせた。ベティ・デイビスとは全く違う、わるくない顔。横椅円のデカ面が、かえって、いまの場合、とても似つかわしい、いい感じになるのでありますが、やっぱりぼくには、

（なんとなく、わるくない表情）

としかいえない。

表現力ないなあ。

ボキャブラリイに乏しいのはこういうとき説明にこまる。秋川さんはその表情を泛《うか》べつつ、

「お礼に五万円、それにつけ加えて」

「……」

「シティホテルのワンナイトをプレゼントします」

ぼくは即座に、宿泊券お食事付、というヤツを思い浮べました。うわ、宮沢ちえみを、今度はあべこべに誘たろかしらん、おい濃密ごっこやろやないけ。そういってやったら、彼女、どんな顔をするであろうか、あの子は若いくせに世間擦れしてるみたいですから、いこ、いこ！と叫ぶかもしれない……それにキャッシュの五万円もある、どうせなら神戸か京都のシティホテルにしてもらおか。つい、胸のうちでいろいろ算段しているぼくの沈黙をどう取ったのか、秋川サンは、

「ねえ、べつにそれって、考えこむほどのことと違《ちゃ》うねんよ、一回こっきり、あとひかへんから。ねっ。あたしとじゃ、そんなにいや？　そんなこと、ないわよねえ。あたしがすべてプレゼント、すんのよ、ね、五万円とシティホテルワンナイト。あたしつき。それで

さ、ちょっと、父のところへ行って『こんにちは』でも『今晩は』でもいうて顔みせてもらう。それでええねんわ」

ぼくは内心、完全に転倒《こけ》たのであります。

シティホテルは、ベティおばさんとコミなのだ。

なんでこの、ぼくが。

むらむらときた。金に転ぶワイや、思《おも》とんのか。あほぬかせっ。

席を蹴たてて起《た》つべきでした。

ところがそうすべきだと思っているのに腰は起たない。五万円。歩くローンのようなぼく。

指環とこの服のローン。うーむ。

ぼくはしぶしぶ、あるいは、うかうかと、なし崩しに承知してしまった。五万円のほかに、たしかにぼくにはスケベ根性もあった、といわざるを得ない。やっぱり優柔不断というのは矯《た》めがたい悪徳です。

「工藤さんなら、やさしいから、いうこときっと諾《き》いてくれると思った——」

秋川サンは満足そうでした。

「やっぱり、当ったわ、『尼崎の母』は」

「え?」

「三和市場の横丁に、女の占い師、店出してはるねん。『尼崎の母』いうて有名やねんよ、あたし、ファンやねん。願いごと叶《かな》いますか、いうて聞いたら、相手は心やさしいから、押して押して押しまくりなさい、といわれたわ」

何が「尼崎の母」やねん。むかつく。

次の日曜、病院へ連れていかれることになってしまったのであります。

秋川サンの親父《おやじ》さんは六人部屋で寝ていました。ぼくは「先が長うない」と秋川サンがいうものだから、集中治療室へでも入ってるのかと思ったのに。むくんだ顔の大男で、やたら陽気な人でした。秋川サンから聞いてたのか、ベッドに上体を起してにこにこと、

「あ、ま、こっちゃおいで、おいで」

とぼくを招き、秋川サンが、汚れものをまとめて洗濯室へいくと、ぼくをベッドのそばの椅子《いす》に坐《すわ》らせ、

「あんた、飲むんか」

とぼくをじーと見るのです。ぼくは思わず、うつむいてしまった。そうしてやっぱりサングラスをかけたらよかった、と思いました。実は病院へいくまで、ぼくは秋川サンに

「何、しゃべったらエエねん」と聞いたのですが「オトーサン、おしゃべりやよって、ほっといたら一人でしゃべってる」とのこと、ぼくはサングラスをかけた。こんなことでもせな、恥《はず》かして行かれるかい。元来、ぼくは人を欺す、というようなこと嫌いなんです。それなのに、

「ちょっと。それだけはやめてえな」

と秋川サンにむしりとられたのであります。

「やーさんの彼ができたんか思われるやんか」

しかしオトーサンにじーっとみつめられると、ぼくの眼は疚《やま》しさに、つい、伏せられてしまいます。うつむいたまま、

「はあ、飲みます、少しは」

「ほうか、男は飲まな、あきまへんデ。酒飲んで肝臓いわす、これが男の人生じゃ」

とんでもないことをいうオトーサンです。いわすというのは叩《たた》きのめす、音《ね》をあげさせる、というケンカ用語ですが、（あいつ、いわしたろか、などと使う）いためてしまう、故障させてしまう、などという語感も持つ大阪弁です。オトーサンは昔、市場で八百屋をしていたそうですが、近所にスーパーができてその市場がはやらんようになって廃業し、配達屋、倉庫番、いろいろ手間賃仕事をして食ってきたという。持っていた地所が少々値

になったので、

「それでかよ子が六甲《ろっこう》のマンション買いよりましたが、ワシはやっぱり、町なかが好きでな、いまもアマにおりま」

という話で、屈託がない人でした。ぼくは秋川サンの名前をはじめて知りました。ベティおばさんは、かわいい名前を持ってたんです。

「おじさん、ほな、お大事に。早《は》よ、快《よ》うなって下さい」

とぼくがいって席を起とうとすると、オトーサンが今までよほど、淋《さび》しかったのか、

「ま、よろしやん。もうちょっと。――ワシなあ、今まで好き放題に飲んできたよってになんの悔いもおまへんねん。死んだ女房《よめはん》も口やかましぃに、酒飲むな、煙草飲むな、いいよりましたけどな、何も飲まんと長生きして何ぼのもんや、退屈なだけやないけ」

大部屋の誰かがテレビをつけました。イヤホーンで聞くという習慣はないのでしょうか、それとも、一室の人々が見ているのでしょうか。病室中にテレビのCMがひびきわたる。

オトーサンはぼくに、ちょっと声ひそめて「すまんけど、カーテン閉めとくなはれ」

といい、ぼくが起って閉めると、にこにこして枕頭台《ちんとうだい》の下から、「神霊泉」というレッテルのついた飲用清水のビンを出し、枕元《まくらもと》のうがい用コップと茶碗《ちゃわん》につぎます。

「しーっ。日本酒だんにゃ。かよ子にも内緒だっせ」

とんでもないオトーサンだ。看護婦サンにみつからないんでしょうか。仕方なくぼくも冷酒を飲みました。

「な。死んだらそれだけのこっちゃ。男はここ、腹、括《くく》りなはれや」

オトーサンは少しことばにもつれはありますが、文脈ははっきりしています。

「ぎゃあぎゃあいうて延命治療しても、死ぬときは死ぬ。へてから、墓も朽ちる。銅像なんか建てたかて、それがどんな素性の人や、どんな業績のこした人や、誰が知るかい」

「はア」

「横に立札《たてふだ》して書いたって、誰が読むかい」

「ほんまです」

ぼくも、かつて銅像に興味を持ったこと、ありませんし、立札なんか読んだこともありません。

「しやろ、兄ちゃん」

ぼくは、「兄ちゃん」になってしまった。

「句碑歌碑もいっしょ。誰も気にもとめへん。やがて朽ちはてる」

「ははァ」

「そやから、好きなこととして一生送ったらええ。酒は飲みたかったら飲む」

そこへくるのか。オトーサンはまたもや、飲用清水の瓶を傾けてぐっと茶碗酒をあおり、

「な、兄ちゃん。かよ子たのみまっせ。あれで、わりとやさしいとこ、おまんねん」

といったとたん、秋川サンがカーテンを割って顔を出し、

「こんなことや思《おも》た！　何してねん、オトーサン。約束違うやんか！　工藤さんも工藤さんやっ」

どなりちらして、オトーサンの手から、じゃけんに茶碗をとりあげました。

病院前のタクシーのりばでタクシーを待つ間、秋川サンは提案しました。シティホテルと思っていたけど、六甲のマンションへ来《け》えへん？　自然に包まれた郊外で、春の空は澄んで綺麗《きれい》やし、ゆっくり星空見て一晩泊って。殺風景なホテルより、なんぼか、ええやないの。それはそれは静かな環境なんよ、朝は小鳥の声で目がさめるの、そして。

と、秋川サンはちょっと恥かしそうにして、

「夜あけのコーヒー、二人で飲《た》まへん？」

スケベ根性というのも、矯めがたい悪であります。

ぼくは承知した。そうして大阪駅から阪急で神戸の三宮《さんのみや》へ、そこからまた乗りかえて、神有《しんゆう》電車でトコトコと……。

いや、長い道のりでした。ちょっとした旅行でした。何かしら、ゆえ知らぬ不安もありましたが、それより、秋川サンとのおしゃべりで、それも忘れてしまいました。秋川サンのファッションは、今日はan・an風というのか、ブラウスの白い丸衿《まるえり》が出た空色セーターに、白いミニスカート。短い脚に白いソックス。ぼくはもっとおとなっぽい服の秋川サンを想像し、しかしそれはどれをもってきてもしっくりせず、やっぱり、こうなるのかなあ、と恐る恐る秋川サンのファッションをぬすみ見ていました。しかしふしぎなことに、秋川サンとしゃべっていると、いつかその違和感もうすれ、横楕円の顔に、このファッションがいちばん似合うんだ、という気になりました。秋川サンはぼくがオトーサンの話を伝えると、

「そうよ、会社も三十年たったらつぶれる、流行《はや》りのもんはみな、やがて流行がうつる、誰の仕事も忘れられる、というのがオトーサンの持論よ。歴代首相の名ァ、明治からいえるもんあるか、なんていうわよ」

「ほんまや、ぼくもいわれへん」

「政治も何もみな、はかない、ハヤリスタリじゃ、いうわよ」

「いえてる」

「あれ、歩く『方丈記』ね。そのうち話は必ず、そやから酒を飲む、と、こうなる」

駅をおりてから、そんなことを話しつつゆくのは、とてもたのしいものでした。ぼくはいつかオトーサンが好きになり、秋川サンも憎くなくなり、秋川サンの期待するようにオトーサンが酒をやめて長生きしてくれればよい、と思うようになりました。

しんとした山の中のマンションでした。空は澄んだまま昏《く》れてゆきます。空気はじつにうまい。ぼくはローンを忘れ、優柔不断の悪癖を忘れ、いい気分になりました。

秋川サンの部屋は四階でした。趣味よく飾られていて、窓からは樹海が見えました。秋川サンはCDを叩《たた》きこみ、ぼくの知らないシャンソンをかけて、ぼくの知らないフランスの女性歌手の名を教えました。そして優しく、

「ウイスキー飲む?」

「それよか、腹へった」

「そういうと思って買《こ》うてあるわ」

何かと期待したら、安手の若僧ずしというヤツ、これはちょっとがっかりでしたが、秋川サンは更に、冷凍のかちんかちんになったお好み焼きやピザなどをレンジで解凍して食べさせてくれ、ぼくにとっては夢のような宴会になったのです。若僧ずしでも冷凍ピザでもかまわない、

「秋川サンさえ、おったらええ」

なんてセリフが出てくる。秋川サンは水っぽい出目をぐりぐりさせ、

「ねえ、早うたべて、寝たいわ、あたし」

なんていうのが、宮沢ちえみなんかよりずっと品がいいのでした。

「も少し飲ませてえな」

「いいけど、お酒は口うつしに飲むもんよ」

なんて。シャワーを二人であびて、暖かいお湯のしたで、あたまから濡《ぬ》れながら、じっと抱きしめあい、キスしたら危なく溺死《できし》するところだった。ぼくがタオルで拭《ふ》いてるあいだにベッドルームの灯は絞られて、音楽は静かなポップスにかわってる。その、手ばしっこさに暖かいやさしみがあり、期待があります。それに、秋川サンはぼくの高くない背丈や平凡な顔立ちをほめてくれたように、ぼくのつたないテクも、

「とっても上手。うまいわ、きっと天性のものよ、もっと上手になるわ。うーん。憎らしい」

なんていって、いい気分にしてくれるのです。裸になってわかったけど、秋川サンの胃の部分もおなかもひとつづきでふくれているのでした。肝臓いわしてるんやないかとそっとさわると、指が凹《へこ》みそうなほどやわらかく、要するに脂肪太りなんですが、脂肪がやわらかいのと、肌がなめらかなのと、秋川サンが巧妙にずりあがる態位をとったので、指は

すーっと下へ滑り、やがてぼく自身が陥《お》ちこんだ今夜のワンナイトパーティの罠《わな》のなかへ、ずぶずぶとはいりこんでしまった。そうして、結論をいえば、指環ローンの沢田かすみのときとは、くらべものにならないくらい、たのしい充実したワンナイトなのでした。

ぼくはほとんど夜明けちかく、ぐっすり眠りに入った。眠ったと思うと、すぐ、叩きおこされた。一瞬、どこにいるんだろうと思った。秋川サンはもう服をつけている。

「早く起きないと、おくれるわよっ」

そうだ。今日は月曜。出勤だっ。

「何してんの、バスが出るわよ、一時間二本のバスよっ」——まるで地の果《はて》です。

窓からははるばるとつづく山並。冗談やないで。あれ、もう、有馬《ありま》ちゃうのか。有馬まできてどないすんねん。ぼくは飛びおき、ベッドにくちゃくちゃになってる下着をさがし出し、靴下をつまみあげ、顔を洗いました。窓の外にカラスのおびただしい影、彼らは耳をふさぎたくなるようなけたたましい声で鳴き交し、朝焼けの空を旋回しています。何が小鳥やねん、まるでミステリー小説の舞台のよう。

「コーヒーは駅で飲もう、早く早く」

なんでこんな遠い所で泊ってしまったものか、秋川サンはぼくをせかしにせかしながら、

「バス停まで走ろうっ」

やっと追いついたバスは、この山の中なのにぎゅうぎゅうづめ、息絶え絶えのぼくの耳に秋川サンは、

「そうそ、こんなトコで何やけど……ねえ、約束の五万円、いいえ、決して払わへん、というのやないけど、とりあえず内金二万円、ということで、あとはしばらく待ってもらわれへんかしら……」ケチっ。

五万円の約束が二万円になり、シティホテルのワンナイトプレゼントが、地の果のマンション、地獄の通勤になってしまったのですが、ぼくは秋川さんの、横楕円の顔に流れるいい表情に慣れてしまったので、ちっとも、いやじゃなかったのです。

オトーサンのところへも、あれから何度か見舞にいきました。オトーサンはあいかわらず、熱を吹いています。

「歴代首相の名ァ、いえますか、兄ちゃん」

「いえません」

「そやろ、偉いサンになっても空しいこっちゃ。ハヤリのものは、じきハヤらんようになる。大した仕事も残せん。そやから酒のんでこまそ。――酒をのぞいて、人生で自慢してええもんは一つしかない。何か、わかりまっか」

「わかりません」

「於女乎でっせ」

「はァ」

「酒と、これしか、あらへん。残るもんと、人間が自慢してええこと。――いや、それで思い出したわけやあらへんのやが」

オトーサンはぼくを見ました。

「兄ちゃんは、ええ人やの。今までいちばん、ええわ。かよ子のつれてきた人の中では」

＊　＊　＊

秋川サンはぼくの不機嫌に気がついたようでした。

「どうしたの、この前はあんなに食べたやないの」

以前に来たイタリアンレストランで、スパゲティを前においたまま、ぼくは黙りこくっていたのです。ぼくは口をひらき、

「秋川サン」

「なあに?」

「ぼくの前に、何人もオトーサンのとこへ婚約者や、いうて連れていったんか。そんな男らと片っ端からワンナイトプレゼントしてたんか」

ぼくは嫉妬《しっと》をはじめて知ったのです。

「病院はつきあってもろた人もいるわ」

秋川サンは静かにいいました。

「でもみな、ボランティアで来てくれてそれだけなんよ。工藤さんだけよ、オカネやホテルでごまかしたのは。――そんなふうにごまかさないと、工藤サン、一晩いてくれへん、思ったから。あのう、とても工藤サンが、あたし、好きやったから。そ。惚《ほ》れてたの。とっても。

あたしねえ、オトーサンが死んでもショックでないように、好きな人をつくりたいと思ってたわ。ところが好きな人ができると、好きな人もオトーサンも手放したくないと欲ばりになって困ったわ。好きな人とは一晩だけでもええ、一緒にいられたら、と思ったのに、やっぱり、欲って、きりのないもんねえ。……もっと、もっと、……になっちゃったの」

秋川サンはためいきをつき、優柔不断なぼくとしては、きっぱり、いったのです。

「それにしてもあそこは遠すぎるぜ。アマにもウチがある、っていうてたやないか、今度からそこにしよ」

秋川サンはぱっと顔を輝かせたのです。そのときぼくはやっと秋川サンの横楕円の顔に泛《うか》ぶ、いい表情が表現できました。

それは、寒いとき、戸外《そと》から暖かい家のなかへ帰ってきて、「おかえりっ」と、愛するものにいわれた人の、顔だったのです。愛――なんていっても、ぼくにはよくわかりませんが、ま、愛の周りにうろついてるぐらいのところですかね。秋川サンの表情は、そんな顔にさせてやりたいと男に思わせるものなのでした。

# 篝火草《シクラメン》の窓

駅に近づくとき、郊外の私鉄電車はスピードを落とす。手前のカーブがきついので、線路すれすれまで建った家々の軒を掠《かす》めそうになる。やがて駅へすべりこみ、するとホームを隠すような看板で、もう家々は見えない。産婦人科、金融、海老《えび》料理店などの看板がつづき、天井の切れたホームの鼻先に、駅前のショッピングビルがそびえる。

——そのカーブの直前、線路沿いにひしめく民家に車体は傾《かし》ぐ。そのうちの一軒の平屋、出窓の一隅に白レースのカーテンが、襞《ひだ》多く畳まれていて、ガラス窓の内に花の植木鉢が置かれているのが見える。

冬から春はシクラメンで、夏・秋はベゴニヤか、ゼラニウム、いつも赤い花だった。

南向きで、しかも前は線路で、視界がひらけて日当りがよいので、花の鉢をその出窓に置いているのだが、その花が電車で通う人の目を楽しませていたとは、瑠璃《るり》は思いもしなかった。

家から見ていると、疾走する電車の窓やドアに人影は認められるものの、それも一瞬のことで、こちらは気にもとめなかったのだから。

このうちに瑠璃ひとり住んで、もう十年になる。母を亡くしてから、土地を半分、右隣の雑貨屋に売り、税金を払い、一人住まいにちょうどいい、ごく小ぢんまりした家に建て替えた。

一人で老いてゆく、という気持もかたまっていたから、二階はやめて平屋建てにした。階段のあがり下りが難儀になったり、危なかったりする年頃が確実にくる。それを瑠璃は冷静に見越して、小さいバス・トイレルームも、キッチンも、〈老人が便利に〉ということだけを考えて設計してもらった。各室間に段差のないよう、寝室からすぐトイレへ行けるよう。防犯上、外からはわからない逃げみちのドアを寝室につくってもらい、ガラス窓はほそい針金入り、キイは二重につけた。いたずら電話はすぐシャットアウトできるように、ベルが鳴らない操作のできる電話にかえた。暗くなると室内の電灯が自動的に点《つ》く仕組みにしたのも、ここ一、二年である。

線路沿いの家を、母はながいことといやがっていた。父も、いっときの仮住居のつもりでいたのらしい。しかしタオル卸問屋の商売が思わしくなくなり、丼池《どぶいけ》の店を畳んで勤め人になってからは、とうとう、郊外電車の線路沿いの家に住みついてしまった。

朝な夕なの電車の震動に、母はいつまでも愚痴をいっていたが、そのうち父が病み、亡くなるころにはあきらめて、隣町へパートに出かけるほど、元気になった。何より駅に近いのがいい、と喜んでいた。瑠璃はそのころまだ会社勤めだった。生命保険会社には女性社員が多いし、定年までいる人も少なくないから、居《お》り易《やす》かった。地価が次第に昂騰《こうとう》して、こんなところでも坪いくらいくら、……と聞くと、母はまたもや、どこか静かで上品な郊外に、という欲を口にのぼらせるようになったが、母子とも、そんなことは大事業に思えて、考えただけでも気が重かった。

しかし母が亡くなってしまうと、瑠璃は否でも応でも着手しないわけにはいかなくなった。税金がかかってきたから。

ついでにこの際、土地を売ってあたらしいところへ、と思わないではなかったが、父と母の思い出にまつわられるのと、駅に近いという利点、その駅から乗ると、大阪まで二十分、というのが魅力で、建て替えて住みつづけることにした。右隣の雑貨屋「アカネ屋」、左隣の中華食堂「明朗軒」みなふるい馴染《なじ》みになってもいるし、気ごころのしれない町へ住みかえるのもおっくうな気がした。

ひところ、地上げ屋が来て、何やかやあったらしいけれども、景気の後退とともに、そんな噂《うわさ》も聞かなくなった。

定年後、大阪のブティック「イレーネ」に勤めて、早や、四年になる。

ブティックはミナミの、ヨーロッパ通りと呼ばれる周防町筋《すおまちすじ》と畳屋町《たたみやまち》筋の、角っこのビルの一階にある。「イレーネ」へ紹介してくれたのは、ヨーロッパ観光ツアーで一緒になった婦人だった。瑠璃も彼女も単身で加わっていたので同室になって親しくなった。どちらも独身で働いていることがわかって、旅のあいだにすっかりうちとけた。彼女も同じような年頃だったが、まだ親もとにいた。快活な人でおしゃれ好きだった。そのブティック「イレーネ」の顧客だったが、「イレーネ」の女あるじが、

（ちょっとトシの緊《し》まった、感じの良《え》えひと捜してる、いうてはったから、戸沢さんならうってつけや思う）

と推薦してくれたのだった。

瑠璃は定年のあと、どこへ勤めるあてもなかった。まだ体にも故障はないし、働けるだけ働くつもりでいる。先輩の一人住みの女たちの中には、退職金のすべてをつぎこんで老人ホームに入ったものもいるが、ペットは一切持ちこみ不許可といわれて、可愛《かわい》がっていた犬を他人に譲り（そのかわり二度と会ってくれるな、といわれたそうだ）、手乗り文鳥は自分の手の中で握りしめて死なせたという。

瑠璃は身ぶるいする思いでそれを聞き、小さくても自分の土地、家がある以上、ここで果てようと今更のように決心する。もっと先になれば考えも変るだろうが、水族館の中へ収容される魚になるよりは、外敵や危険が多くても、大海をほしいままに遊泳する小魚になっていようと思った。

綺麗《きれい》なものを扱う店で働ければうれしい、そんな気持で応募してみたが、「イレーネ」のオーナーには気に入られたようだ。小さい店で、ほかに若い子が一人いるだけ、女あるじはキタにももう一軒、店を持っているので、いつもはいないことが多く、店長代理というような人を欲しがっていた。

瑠璃の長く勤めた会社に、オーナーの知人がいたらしい。その話も聞き合わせ、瑠璃は信用されたのか、働くことになった。

瑠璃はたよたよした軀《からだ》つきで、やや胴長にみえるが脚は綺麗だった。撫肩《なでがた》で首がながく、髪は少くなっているけれども、染めているので栗色《くりいろ》にふさふさしてみえる。耳の下あたりで切りそろえ、昔ながらのカーラーで捲《ま》いて、ふんわり、内がわにカールさせている。肌は白くて皺《しわ》もなかった。肌の手入れを、若いときから邪魔くさがらずにしたのと、

(精神力や)

と、これは誰にもいわないが、瑠璃は思っている。

小作りな顔、ちんまりした道具だての目鼻立ち、おだやかなやさしい表情をみると、人はつつましい、しおらしい人柄とみるであろうけれど、瑠璃は年相応にふてぶてしくなっている。世の中の人も物事も底しれず恐ろしいのを、この年まで生きて肌身で知り、決して舐《な》めてかかったり、高《たか》を括《くく》ったり、しない。いつも薄氷をふむ思いで生きている。その代り、どうしようもないこと、いうても返らぬこと、には拘《こだ》わらない。批判や指図も、もう受けつけない。老人性頑固、といわれそうだが、すべて、

（しゃァないやん……）

とふてぶてしくかまえている。

それがひそかに思っている〈精神力〉かもしれないのだ。庇護《ひご》する者のない女の独り人生は、用心に用心を重ねて、いいかげんだった。儲《もう》け口《ぐち》や金貸しやと囁《ささや》かれるが、瑠璃はふてぶてしく耳もかさず、欲は出さなかった。手がたい株券と、土地家屋の権利書などを銀行の貸金庫に収め、定期預金の利息で、ときどき服を買ったり、小さい国内旅行をしたりした。

ブティックに勤め出して、またあたらしい人生が展《ひら》かれたような思いになった。ミナミの繁華街の風に肌を洗われていると、このまま永久にこうして、年もとらずいられるような気がする。

インポートものを扱う仕入先の会社の男たちも瑠璃に親切だった。若い男たちは瑠璃を四十代ぐらいだろうと踏んでいるらしいが、年輩の男たちは、さすがに、見る所は見てい
て、(五十にはなってはるやろ、けど、そう見えんなあ。若い)

といったりし、瑠璃は、

(あたし？　三十八ですねん。地味好みなんで老けてみえますけど)

などと笑っている。

世の中には、アンたらの知らんことが一ぱいあるのや、と瑠璃は男どもにいってやりたかった。この「世の中」というのは、「女の世界」というてもよい。瑠璃の友達のなかには、四十五になるのに、二十七やといって大学生とながいこと同棲《どうせい》していた女もいるのだ。大学生が卒業して就職し、そろそろ結婚しよか、といい出したので、あとをくらまして逃げてきた、といっていた。

女というものは、この世とあの世を自在にゆき来した小野篁《おののたかむら》のように、時間を超越して飛天遊行《ひてんゆぎょう》するものかもしれない、と瑠璃は思っている。六十四歳の瑠璃はことさらな美容術も持たず、まして整形手術などしない。

瑠璃はそんなことをする人間を、ふてぶてしく嗤《わら》っている。そこが老人性頑固や、という内省はするのだが、(精神力がないせいや)と思ったりもする。そんな考えは古い、と

いわれれば、開き直って、

（しゃァないやん、古うて何がいかんねん）

　要するに、

（あたしは、ふてぶてしい女なんや）

　と瑠璃は思った。しかしそれは、外見には見えないであろう。仕立てのいい、そして材質のいい黒いドレスをまとい、うすい黒のストッキング、黒いロウヒールの靴、胸はすこし広くあけて、肌理《きめ》のこまかな白い肌をみせている。ぽっちり小さいダイヤが一粒、黄金《きん》色《いろ》のほそいチェーンで吊《つ》るされ、長いたおやかな首にかけられて、白い胸もとのまん中に据えられる。もちろんほんもののダイヤだった。これは定年を無事に迎えた褒美に、自分で買ったものだ。

　それだけがアクセサリーで、瑠璃は指環もイアリングも用いない。年をとると、それら、ごく少しのものでも、肌や心に負担になると思っている。時計はブローチ型のもので、手首を緊めたりする腕時計は、

（血のながれにわるい）

　と信じている。自分はシンプルにするが、若い店員には、上手におだてて、店の商品を店員割引で買わせ、身につけさせていた。歩くマネキンのようなもので、お客たちの心を

そそるからだった。

店は七時に閉まる。若い子たちは帰し（午後三時から、若い子は二人に増える）、あとを片づけ、店を閉め、オーナーがいるときはそのまま帰るが、一人のときは夜間金庫へ寄って電車へ乗る。昔は塚田と会うだろうかと、はかない期待もあったが、いま彼は大阪にはいない。通勤電車の中は見知らぬ男や女で満ちている。瑠璃は人に疲れる。一日立ち通しの職場より、通勤のゆきかえりの人の顔、無感動でゆえなき悪意にみちた人間の顔に疲れてしまう。そういうとき、塚田と会いたい、という気になる。

去年の晩秋ごろに、塚田がはじめて家へやってきたとき、彼は白いシクラメンの鉢を抱えていた。

瑠璃はたまたまその日曜、休んでいた。母の法事があって、親戚《しんせき》が寺に集《つど》うので休みをとったのだ。「イレーネ」の定休日は水曜だった。

夕方、家へ帰ってくると、男が、家のインターフォンを押しつづけていた。そうして、家のうちから応答はないかと耳を澄ます。電灯は例の〈仕組み〉によって自然に点《つ》いているので、誰か在宅しているもの、と思ったのかもしれない。

初老の男で、片腕に近くのショッピングビルの包装紙にくるまれた花の鉢を抱えていた。

白いシクラメンだった。

背後から瑠璃が声をかけると、男はふりむき、このおうちの方ですか、と気軽な大阪弁でいう。言葉はやすやすと出てくるが、軽はずみな調子ではなく、これも（性根の据わった年ごろの男やな）と瑠璃は思う。寒いので早く家へ入りたいのだが、見ず知らずの人間を家へ入れるのも、キイをさしこむところを見られるのもいやであった。

男はべつに家へ入るつもりではなかったらしく、立ったまま、自分は実は毎日の通勤に、おたくの窓の花を眺めて心たのしんでいた者だ、という。ここ一週間ほど花の鉢が見えなんだが、今までなかったことなので、どうされたのであろうと思った。それに、今までの花はシクラメンといい、ベゴニアといい、みな赤い花であったが、たまには白いのはどうだろうかと思い、お節介なようだが携《たずさ》えてきた、というのである。

瑠璃は思いがけない話に、まず思ったのは、

（かわった人やな）

ということだった。ニッポン男は、あまり花などに興味を示さず、まして忙しい通勤のゆきかえりに心をとめてよその窓の花など、見るゆとりなど持っていないもの、と信じていた。瑠璃は今まで何となし男性不信・男性軽侮の気持があったのかもしれない。

「私、こういう者です。いや別に、他意はありませんので、よろしかったら、この白いの

も楽しんで下さい、お礼ごころの、ほんの一部です」

男は名刺を出して鉢植《はちうえ》といっしょに渡した。名刺は老眼鏡がなくては見えず、瑠璃は面倒になって、それでは遠慮なく頂戴しましょうと受け取り、赤いシクラメンは水をやりすぎたので弱らせてしまった、いまはべつのところに置いているので、それでは早速、これを窓に置かせて頂きましょうと礼をいった。

男はホッとしたように笑って会釈し、夕闇《ゆうやみ》にまぎれて去った。

〝四捨五入善人の部へ入れておく〟（椙元紋太《すぎもともんた》）という川柳をどこかで読んだことがあるが、そういう感じだったと瑠璃は思った。

あとでお隣の「明朗軒」へラーメンを食べにゆき（瑠璃はここでちょくちょく、夕食を摂《と》る）、法事は無事に済みはりましたんか、という大将にうけ答えしながら、さっきの男に、ラーメンでも奢《おご》ってやればよかったか、とふと思った。

しかしすぐ、その思いつきを打ち消す。

にぎやかな周防町で働くのは好きなくせに、個人的に、人間とのつながりをつくるのは、瑠璃はもういやであった。見も知らぬ男と向き合うのも気ぶっせいなことであった。あのまま別れてよかったと思った。

それでも翌朝、窓辺に白いシクラメンの鉢を見たときは、通勤の電車の窓から鉢植の花に心慰められたという話が、素直に信じられた。そんな人もいるかもしれないという気になった。

礼だけでもいおうと貰《もら》った名刺を見たら、難波《なんば》のほうの会社で、遠くではなかった。電話をして、戸沢といいかけて、シクラメンの家のものですが、というと、あ、はいはい、と無防備な、なつかしげな声だった。瑠璃はその声と、口調から、なるほどこんな人間なら、シクラメンの鉢を抱えて見知らぬ家を訪れるかもしれぬ、という気が、ふと萌《きざ》した。


見知らぬ家にはちがいおまへんけど、と男はいった。瑠璃とその男、塚田は、働き場所が近いので、折々、会うようになった。地下鉄で利用する駅は、塚田は難波、瑠璃は心斎橋であった。心斎橋のほうが梅田にちかいので、そのあたりでかるく食事をして、小さいバー（それぞれみな、ビルのなかへ入ってしまっているもの）でちょっと飲む。

見知らぬ家といいながら、ぼくは毎日、通って見てたんで、ついかねて知り合いの家のように思うてましたんや。

塚田の鬢《びん》は半分白くなっている。顔はゴルフ焼けしているのか、赤黒いが、もうゴルフはやめているといった。いまの会社は、知人が作ったエンジニアリングで二度目の職場だが、このごろは岡山や広島からの仕事も多い、そのうち広島に支店を作ることになるかもしれず、そのときは行かせられるかもしれない、という話をした。

「いやもう、男はみな、車寅次郎か山頭火《さんとうか》ですなあ。さすらい人生ですわ、死ぬまで」

塚田は六十八だという。

「とてもそんなに、おみえにならへんですわ」

瑠璃はそんなにトシの男だから、シクラメンの鉢など抱えてくるのだ、と塚田が信用できる男に思えたが、そういった。

「あ。おたく、こそ」

瑠璃はなぜか、その無防備な塚田には、自分も無防備になり、ほんとのトシをうちあけている。

「ほんまいうと」

と塚田は声を低める。

「トシなんか、個人的に伸び縮みするもんやさかい、自分の思うトシをてんでに自己申告しといたらエエのや、思いますな」

瑠璃は、自分よりふてぶてしい人間もいるのだ、とおかしくなって笑ってしまった。

「それに人間がまと
も
にな
る
のは六十すぎてからや、思いますな」

「まとも、って……」

「人情の諸訳《しょわけ》がわかること、ですよ。人生の達人いうのはぼく、キライやけど、六十になったら、どんなこともこの世の中にはあり得る、ということを悟る。それをぼく、人生の諸訳がわかる、いうてまんねん。それがわかるのん六十すぎてからや、思いはれしまへんか」

自分は機械畑の人間だ、というが、塚田は役人あがりや教師あがりとちがい、コトバも滑脱《かつだつ》で、考えたことがすぐ口から出てくる訓練もゆきとどいていそうであった。それも仕事でつちかわれた商人感覚なのかもしれない。瑠璃は旧時代の女だから、〈士農工商〉という成語を知っているが、ほんとうは人間的にはひっくりかえして円転滑脱な〈商〉がいちばんいい、と思うのは、丼池《どぶいけ》商人を父に持ったせいだろうか。父は商人にはお人よしすぎて店を潰《つぶ》してしまったけれど。……

「ぼくは、あの花の窓の家には、新婚さんが住んではるのかナー、なんて考えてた。カーテンはいつも綺麗やし、生活に弾みありそうで」

「あたし、いっぺんも結婚せずじまいでしたわ。新婚に間違われただけでも嬉《うれ》しいわ」

「じまい、ってなんでいえまんねん。これからもわかりまへんやろ」

「まあ、ね」

瑠璃はにこにこして自分のことについては口少なだった。塚田は瑠璃よりずっと多く、しゃべりつづける。西宮《にしのみや》の山地に妻が家を建て、そのローンがまだ残っているので、塚田は働き続けねばならないこと、妻の実母が寝たきりになっているのを引き取り、更に、娘の夫婦仲が「面白うないようになって」女の子二人を連れて家へ戻っていること、反対に息子夫婦は神戸に住んで寄りつきもしないこと、塚田自身はともかく、妻にとってはことごとく人生設計がくいちがい、面白くないとふくれるが、

「面白うないのは、ワシがいちばん面白うないわい、と……」

「言いはったんですか」

「言お、思《おも》たけど、やめました、誰もぼくのいうことなんか、聞きよれへんからね」

塚田の笑い顔が何に似てるのだろう、と思って、瑠璃はちょっと考え、

「塚田サン」

「は？」

「あの、昔、子供のころにあった、マンガの『タンク・タンクロー』というの、おぼえてはりますか。『冒険ダン吉』とか」

「はあ、そういうたら、ありましたな。『少年倶樂部《くらぶ》』でしたかいなあ」

「そこに出てくるマンガの主人公に、塚田サンそっくり」

「なつかしい名ァ聞くなあ。山中峯太郎《やまなかみねたろう》とか、佐々木邦《ささきくに》の時代やなあ」

「河目《かわめ》悌二《ていじ》の挿絵の、男の子にも似てはる」

「いよいよ、なつかしい。戸沢サン、男の子の雑誌、読んではりましたんか」

「兄がいましたから。……」

「兄さんは戦争で?」

「いいえ、そのまえに十八で亡くなりました。ウチ、兄も姉も夭死《わかじに》なんです」

「それはそれは。戸沢サンはそのぶん長生きしはりまっしゃろ」

それから塚田は〝冒険ダン吉〟というアダナを瑠璃から呈上されることになった。

会うたびに、話が面白くなるのだった。塚田は理工系なので、ぎりぎりまで兵隊に徴《と》られずにすんだこと、学徒動員のこと、空襲のこと、……。戦争中の話をすると思い出は尽きない。

何度目かのときに、塚田はふといった。

「大正時代の女流俳人に、久保より江、いう人ありましたけど、知ってはりますか」

「いいえ、あたしはあまり俳句は存じませんねん。塚田サンそんなご趣味おありですか?」

「いや、ぼくも知りまへん。――そやけど、ずっと若いころ、戦後間なしの、昭和二十六、七年ごろかいなあ、ぼく、胸、やられましてね」

「あのころは、男の子も女の子も結核にやられる子が多かったですものね」

「そんで、丹後《たんご》の漁師町の親戚《しんせき》へあずけられた。魚、魚の毎日でしたな。ずっとあとになってそこへ行ってみたら、チューリップ畠があって丹後縮緬《ちりめん》がさかんに織られてましたけど、そのころは何にもなし。退屈でしょうがないんで、土蔵のなかの古い本をひっぱり出して読んでるうちに、久保より江、いう人の句文集があった。昭和はじめ頃の本ですわ。この人、虚子《きょし》の弟子でね、博多《はかた》に住んでたらしい。ご主人が九州帝大の医学部の教授やったんです」

子なしの夫婦で、仲はよかった。

「より江さんは花が好きで、二階の手すりのところに、ゼラニウムの花の鉢をいくつか並べていた。よう咲く花で町の人の目にもついてほめられ、より江さんも自慢やった。町の人の中には、

『久保博士の二階の窓のゼラニウム
　往来より見え春の日沈む』

いう歌を、送ってくる人もあったほどでね」

「まあ。それ、いつごろのことでしょう？」

「大正十一、二年ごろの話。するとその往来の人々の中に、塀ごしに首だけ見せて通る騎馬の軍人さんがいた。その町の兵営の旅団長やったらしい。あるとき何かの会合で、ご主

人の久保博士と同席した折り、自分は朝夕兵営の往来に、おたくの美しい二階の花を賞《め》でながら通るが、赤と桃色が多いように思う、幸い、自分が白をふやしたから分けてあげましょうというた。そして言葉通り、間もなしに従卒が白いゼラニウムの鉢を持ってくるんです」

「まあ。やさしい軍人さんね」

「ぼくはそれを読んだとき、べつの世界のできごとのように思えたなあ。ぼくらの知ってる軍人は、物心ついてから、肩で風切って威張るやつらばっかり、やった。たけだけしい脳足りンばっかりやと思てた。しかし大正ごろの軍人には、こんな人がいたんや……と、感慨がありましたな。

戸沢サンのおたくの花見て、ふっと、昔々のその話を思い出した。――で、なんとなし、白いシクラメンの鉢をかかえて、おたくの呼びリンを鳴らしてみた、という次第。ま、ぼくも、閑人《ひまじん》でんな」

「あたしはそんなら久保より江ですか。どんな句をよんだ人でしょう。どんな人やったのかしら」

「句はおぼえてまへんな、そんなん味わうような文化的な下地はなかったんでしょう、若いぼくには。ただ文章でよむと、何や女らしい、しとやかな人でね」

「ほんなら、あたしとは違いますわ」

「いやいや。……子供のころ松山にいて、そこの離れに漱石《そうせき》や子規《しき》が下宿していて、可愛《かわい》がられたという人です。祖父母に溺愛《できあい》されて大きゅうなって、学校出るとすぐ、洋行がえりの久保博士に嫁《とつ》いでこれまた可愛がられて、苦労知らん人、というのか、……句会へ出ても名乗りがあげられへんほど、はずかしがりで、東京のホトトギスの句会で、自分の句をよみあげられて、思わず、蚊の鳴くような声で、

『わたくし』——

水原秋桜子《みずはらしゅうおうし》が、〝わたくしとは誰です〟というから、一座は笑《わろ》てしもたという……まあ、箱入りおくさんですなあ」

「そんな人も、いるんですねえ……」

「ぼくは箱入りおくさんは、かなわんですな。しっかりした女がええ。独りで生きて、窓に花、飾ってるような心意気のオナゴはんが好きです」

「あたし、シクラメンの鉢抱えてきて、これがええ、と押しつけるようなお節介の男の人、ちょっと、エエなあ、と思います」

そうして同時代メイトたちは笑いあう。

クリスマスから正月、どこへいっても店にはシクラメンが飾られてあった。

瑠璃の持っているシクラメンは手当てがよかったのか、勢いを盛りかえして、蕾《つぼみ》をのぼらせ、再び赤い花をおびただしくつけた。瑠璃は窓にまた赤いシクラメンをのせ、白いのはテレビのそばへ置いた。出窓といっても三角窓で、花の鉢は一つしか載らないのである。

芋の葉のように巻いた葉もびっしり茂って、赤紫色の茎は元気よく伸び、ふぞろいな花弁のままにまとまった花をつけていた。

ふたりがよく使うバーは、時折り、若い子も来るけれど、だいたいは中年か初老の男同士が多かった。ところがこのごろは、それぞれ男たちが中年女・初老女を帯同してくるように思われる。

カップルは夫婦にしてはしゃべりすぎ、愛人にしては隔てのある態度で、うちとけて尽きるときなく、会話している。

しゃべることが無上のたのしみ、というふうに、ひたすら、話し合う。

「みな会話《はなし》に飢えとるんや、みなさい、男も女も」

塚田はいう。

「ことにこの、ぼくらのトシでは、ね。――」

「おくさんとしゃべりはること、ないんですか？」

「なんで女房《よめはん》としゃべること、ありますねん。女房というのは生活苦そのものやからね、浮世の義理がスカートはいてるようなもんや」

瑠璃は、この塚田も、家にいて妻に批判されたり、非難されたりしたら、表面《うわべ》はだまって聞くふりをしながら、内心、

（しゃァないやん……）

と、ふてぶてしくかまえているのかもしれない、と思った。

しかしそう思うのは、結婚経験のない人間の、うすっぺらな認識かもしれない。夫婦というものの絆《きずな》は、（しゃァないやん）といいながら、なお、解き放ちがたいもので繋《つな》がれているかもしれないのだ。そう察するだけの人生把握力は、瑠璃にもある。だから、塚田と会って、とりとめもない会話をたのしむだけで、そのために塚田を、

（使い捨て）

にすればいいと思う。男は使い捨て、や。——瑠璃はそう考えている。

二十代にも三十代にも四十代にも、その年代ごとにいろんな男とめぐりあい、そのたびに躓《つまず》いたり、よろけたりしながら、生き延びてきた。使い捨て、使い捨て、と思って、過去《うしろ》は見ず、

（しゃァないやん……）

そう思い捨ててきた。

瑠璃はギムレットを静かに飲み、

（これだけでいい……こうやって会うだけ）

と思っている。同じような時代を送ってきて、偶然、しゃべりやすい男と出あい、時折り会う。それも町のバーやちょっとした小料理屋で。

決して、明朗軒のラーメンを食べて自宅へ招じ入れることなんか、しないで。

カウンターの端にシクラメンの鉢植がある。

ここのはピンクの花だ。

塚田はサントリーの水割を飲みながら、

「あの花、英語で、〝豚《ぶた》の饅頭《まんじゅう》〟いうのや、いうて聞いたことある」

などといって、瑠璃を笑わせるのだった。

そういえば、縦長に、もっこりと合わさった花弁が、そんな感じであった。

「いややわ。……それより、あの花は日本へはいって、篝火草《かがりびそう》、いわれてたの、ご存じ？」

「いや、知りまへなんだ。なるほどね……」

「ね？　花がそろって上についているところ、篝火が燃えているようでしょう？」

「ほんまや。やっぱり、篝火草のほうが豚の饅頭より、ええ。女文化のほうが上等や」

春から夏は早かった。店では冬もののセールが終るか終らないかで、夏もののセールになりそうな、あわただしさだった。

瑠璃はウィンドーディスプレイの勉強にその教室へも通い、「イレーネ」の仕事にうちこんでいた。瑠璃につくお得意さんもでき、あとまだ数年は、ここで働けるかと思われた。

お盆をはさんで五日間、「イレーネ」はお休みになった。

休みのはじまる前、塚田に会って山陰の旅に誘われた。瑠璃はそのことよりも、

「どこももう、いっぱいでしょう。いまから予約はとれへんのとちがいますか」

「そんな、観光地とちがいますよ。誰も知らへん辺鄙《へんぴ》な村です。えらい山の向うの浜でしてね。昔は地つづきやのに、よその村と舟でゆき来してたぐらいですわ。今では県道が通って、タクシーもバスも走ってます」

「宿屋がありますの？」

「ホテルとはいきまへんが、民宿がありましてね。魚のうまいのん食わしてくれます。昔、仕事でそのへん通りかかって昼めしを食べにその村で下りた。百日紅《さるすべり》が咲いて、村の墓はみな、海に向いてましたな」

――〝百日紅一村の墓海に向く〟ふと瑠璃は俳句めいたものをつぶやいてみる。このあいだ、住む町の図書館へいき、久保より江の句を調べてみたら、彼女の個人句集はなかったけれど、明治大正期の女流俳人集のような本に出ていた。穏やかに、しおらしい句に思

われたが、

「すこやかに人とわれある暖爐《だんろ》かな」

というのが目にとまった。この「ひと」は、彼女にやさしかったという夫のことかもしれないが、瑠璃はその平安な女の人生がうらやましかった。久保より江は、まちがっても（しゃァないやん……）とふてぶてしく居すわることなどなかったのであろう。

瑠璃は村の百日紅が見たくなった。唇にすこし笑いをためて、眼をほそめ、

「ええわ、冒険ダン吉になりますわ、あたしも」

人生の諸訳がわかるというのはこのことでっせと塚田はいうかと思ったが、さすがにそんな阿呆なことはいわず、彼はひとこと、

「冒険ダン子」

と訂正した。

「平家の落人《おちうど》の村やった、という言い伝えがありますな」

九十九浦《つくもうら》、という小さい漁村は、ほんとに山の内ぶところにかこまれた、静かな集落だった。浜には小さな漁船が引き揚げてあり、漁網が干してあった。大きく弧を描いて湾曲した浜には人かげもなく、海は青いが、泳ぐには深そうだった。

擂鉢《すりばち》の縁のように防波堤がめぐらされ、その上に村の家々はある。砂浜は灼《や》けているが、風はあんがい涼しかった。暑がりでさむがりの瑠璃は、ほっとした。透けないポプリンの、風のよく通るワンピースだけ着て、下穿《したばき》はしっかり、三枚重ねていた。夏でも冷える年頃なので、瑠璃は下半身を冷やすことはしない。

それに日焼けどめクリームをたっぷり、塗りたくっていた。いったん焼けるとこの年では薄れない。

塚田のいったように、村の墓は山の中腹にあり、一様に海を見おろしていた。小さい寺の境内に百日紅はあり、緑の山と海の青のあいだに鮮紅色の花をつけていた。

「平家の落人がおちつきそうなトコやこと」

瑠璃は思いがけず、こんなところへただよい流れてきた自分が、夢のように思われる。

自分も落人みたいや、と思いながら、久保より江のおだやかな、平安な句にいつか、反《はん》撥《ぱつ》を感じている。そういう平安を手にすることのできなかった自分の一生ではあるけれど、

（しゃァないやん）

とふてぶてしくつぶやくたのしみもまた、いうにいえぬ滋味があって不逞《ふてい》なよろこびでうずうずしてくる。

風呂《ふろ》から海が見えるのはいいが、新建材の安手な普請だった。しかしいろんな時代、い

ろんな世の中を見てきた瑠璃は、いまどきの若いもののように、廊下が砂でざらざらするの、戸のたてつけが悪いの、と不満なんか口にしない。この辺鄙《へんぴ》な村では、結構な建物というべきであった。

日灼けした女が料理を運んできた。瑠璃たちのほかに二組、客があるようで、その一組は子供づれだった。

それでも浴衣《ゆかた》は糊《のり》がきいてさっぱりしていた。磯臭い部屋で、思うぞんぶん、刺身や焼魚をたべ、とうとう昏《く》れてしまった海を見た。

ふと、

（人生の六十四年て、ながいなあ）

という気がした。「イレーネ」で働いていると、年月が早くたち、短く感じられるが、トータルすれば長かったように思われる。

ビールと日本酒を適量に空けて、塚田は、

「ああ、この旅行ではじめて、何ンや、人生が濃《こ》ゆう、なったように思いますな。今までは水っぽかったけど」

としみじみ、いった。

人生が濃ゆい、という人に、（人生は長い）という感懐をうちあけることはない、と瑠璃はにこにこしている。

　おなかにすこし肉はついているが、胴長の、たよたよした姿の瑠璃は浴衣がしっくり身にあい、撫肩《なでがた》もやさしげにみえた。瑠璃の年ごろでは二十代のはじめは、まだ娘たちは着物を着ていた。戦争が終った幸福を噛《か》みしめるように……。だから瑠璃は今でも帯を一人で結べる。

「瑠璃さんて、綺麗な名ですな」

「名前負けですわ。今では読める人もいてしませんもの」

　食卓を下げて蒲団《ふとん》を二つ、やや離して敷いてもらうと、夜の海風が網戸から入って、座敷の隅の扇風機も、クーラーも要らないくらいだった。

「うちの親たち、名前に凝りすぎたんや、思います」

　瑠璃は夏掛けのうすい蒲団を冷えないようしっかりおなかにまきつけて、仰向いたまま、

「兄はこのまえ話しましたように早う死にましたけど、珊瑚《さんご》の字ィの、珊太郎、いうんです。姉は宝の子と書いて、宝子《たまこ》。お嫁にいって間なしに若うて死にました。なんぼ子宝いうても、あんまり古え字《え》ィは、かえって、あかんのかもしれませんね」

　塚田は暗いなかで煙草を吸っている。今日は帰らんでもエエのや、と思うと、ゆっくり吸いとうなって、といっていた。いつもはやめているそうだ。腹這《はらば》いになって灰皿に消し、

「名ァに関係おまへんよ、寿命は。……なんでもまわりあわせ。戸沢サンは六十四年。ぼく、六十八年。よう、戦うてきた、思います」

「おたがいに……がんばりましたわね」

「そない、思います。ぼくも自分でそう思うけど、戸沢サンは女の身やから、ぼくにも増してエラかったやろ、思います。ようやったねえ」

瑠璃は、

（泣いたらアカン）

と堪《こら》えていた。

しかし塚田のほめことばは、瑠璃の、亡父母よりもっともっと先の、遠い父祖のいたわりのような気がする。そんなやさしいコトバを、生涯にはじめて聞いた気がする。

「ま、七十、八十、九十の人にいわしたら、おまえら、六十代づれが何いうとんねん、と嗤《わら》われるかもしれへんけど」

塚田は瑠璃の耐《た》えている気分を察するように明るくいう。瑠璃もかるい声を出した。

「ねえ、塚田サン」

「え」

「そっちへいって、いいですか」

「あ、ぼくもいま、そう言お、思てたトコ」

「〝豚の饅頭〟なんていわんといて下さいね」

笑いすぎて瑠璃は塚田のはだかの胸のうえでまだ笑っていたので、塚田に、くすぐったいと背を叩《たた》かれてしまった。


電車のカーブのきつい線路沿いの町まで、瑠璃は送ってもらった。

お盆休みで、明朗軒もアカネ屋も戸を閉めている。暗い町になっている。

線路を越えた向うの公園に櫓《やぐら》が組まれて提灯《ちょうちん》がかけつらねてある。盆おどりの音頭が聞こえてきたので、塚田は見にいこう、そのまま駅から帰るといったので、ビールの一杯を飲んだだけで、二人は家を出た。

塚田が泊るというなら困るな、と思っていたところなので、瑠璃には塚田のふるまいは目安《めやす》かった。歓会《かんかい》はあとを引いてはいけない。宴は果てるからこそ、宴なのだ。

思ったより大きい踊りの輪だった。

「あんな大きい櫓、町内のどこに蔵《しま》っていたのかしら」

瑠璃がつぶやくと、

「レンタルとちがいますか」

塚田は散文的な声でいう。そのまま続けて、

「ぼくなあ、もうじき、広島支店へいかされるねん。……若いもんがもうちょっとモノになるようになったら、また大阪へ帰ってくるけれど」

「単身赴任するの？」

「そや。今まででも単身赴任みたいなもんやったけど」

この人もレンタルやったんか、と瑠璃は思ったが、さっぱりといった。

「ほんなら広島のほうの、平家の落人の村、またさがしておいて下さい」

「よっしゃ。でもまあ、大阪へは時々かえるやろうし」

それでも以前《まえ》みたいに、昔話や、古い少年マンガの話をしてたのしく酒を飲める、ということはできなくなるだろう。塚田はいった。

「元気でいててや。……戸沢サンが生きてる、思うだけで、ぼくは有難いねん。嬉しいねん。変らんと居《お》ってや。また会うよって」

「塚田サンもね」

笑って、改札口で別れたが、戸を閉めたお盆休みの商店街を通るうち、涙が出て来、そうや、ほんまに、このトシでは、再び会われへんことがあるかもしれないと思うと、まるで二人の姿が、老いた雄鶏《おんどり》と雌鶏《めんどり》のように思えた。

明日は「イレーネ」も開く。

気を張らねばならないと瑠璃は鏡をみつめて、ぐいと涙を拭《ふ》いた。

半月ばかりして、塚田の葉書がまいこんだ。こちらは秋風が立って朝晩は冷えるとあった。

昔ニンゲンらしい、きっちりした字だ。

平家の落人の村は、仕事が一段落したらすぐさがします、とあって、

「冒険ダン吉」

とある。

寒い冬に向って、知らぬ町で仕事をはじめる塚田に、何か励ましてやりたいが、瑠璃には「ようやったねえ」といってやる器量はない。そうだ、隣のアカネ屋でこの間みつけた、かるい暖かいチャンチャンコでも送ってやろうかしら、ミナミのブティックにはインポートもののシルクの室内着などあるけれど、お互い、「ようやったねえ」といい合う世代にはそれは似合わしくなく、化繊綿入りのチャンチャンコがいいだろう、小包の差出人には、「シクラメンの窓」とでも書こうかしら。

塚田ではないが、そういう存在《おとこ》が「生きてる」と思うだけで、瑠璃もありがたかった。

# 感傷旅行《センチメンタル・ジャーニィ》

## 1

それまでに彼女はずいぶん、数々の恋愛（もしくは男）を経てきており、ぼくらのなかまではマトモに扱うものもないくらいだった。

で、彼女の今度のあいてが党員だとわかると、みんな、オオ！　とうなずいた、珍種の好きな森有以子《ゆいこ》がコレクションのなかに加えていないのは、坊主と党員だけだったから。

最初に知ったのは、もちろん彼女の親友のぼくだった。ひどくむし暑い八月のおわりのある真夜中、ぼくのうちに（といっても、ある家の離れの一室を借りていた。オオサカ市の周辺のベッドタウン、N市の……）電話がかかってきた。

「ねえ、ちょっとヒロシ（彼女はいつもぼくを呼びすてにする。ぼくのほうではいつも彼女を森さん、というのだが。それは彼女が二十二歳のぼくより十五も年長であるからでなく、有以チャン、なぞと呼ばせるような可憐《かれん》な風情《ふぜい》はとっくの昔に失っているせいである)、プレハーノフって何なの？」

ぼくはろくすっぽ聞いてもいず、就寝中であると哀願した。

「いいから、いいから……早いとこ教えてよ、プ、レ、ハ、ノ、フ！」

ぼくは人名辞典でも引くように懇願した。

「あッ！　人の名なの？　つべこべいわずに、知ってるんなら教えてくれたっていいじゃないのさ、それからなんとかいったっけ……弁証法的唯物論とさ、唯物論的弁証法とはどう違うの？」

ぼくは、バストイレ付きとトイレバス付きみたいなものだろうと愚考する、と答えた。

「バカ！　あたしまじめにきいてんだから怒るわよ……それからトロツキストて、いいほう？　わるいほう？」

だれにとってか、とぼくは反問した。

「バカ、そんなことどっちだっていいじゃないのさ、善玉か悪玉かッてきいてんのよ（彼女はこの二種類の色わけが大好きだった)。アカハトの口ぶりじゃ、きっとそいつ、悪玉なのね？」

ぼくはいっぺんに目がさめたんだ。

有以子の口から機関銃のようにうちまくられる、およそ彼女に関係ない単語や人名を、（およそ赤ハトなどまちがってものぞくような人種ではなく、そのくせなにかエリート意識にあこがれるような気分でもって、赤ハトに親愛感をよせ、それでいながら——一年に一部の日曜版さえ買わない安インテリの標本みたいな人種）どう彼女に結びつけるべきかに一瞬、くるしんだが、すぐ、わかった、きっと安ドラマに使うのだ。（ぼくも有以子も、あまり自慢できぬ四、五流の放送台本屋《ライター》だった）

しかし、そういうナマの政治用語は、大衆の公器などという錦《にしき》の御旗《みはた》をおしたてて、まんじゅうの皮のように毒にも薬にもならぬ、スカみたいなドラマを流すのにきゅうきゅうとしている放送界では、消化不良を起こすにきまってるのだ。つまり、大衆の公器というやつは、そういう反体制側用語の土壌に開花する文明ではない、ということだ。ぼくは忠告してやらねばならぬ。そんな政治人間を出すより、そいつを機械工にでもして紡績女工の恋人でも書きこむがよろしい。民衆の誠実、庶民のエネルギー、労働者の明るい健康な恋愛、はたまた、下町の哀歓、清く正しく美しく、鬼の目にも涙さ、アッハ！……

「バカ、ヒロシのバカ、抜けさくのおたんこなす！」

と、彼女はののしって、電話の奥で、あかるい三月の雨がガラスの天窓に当たるような笑い声をたてた。（彼女はずいぶん育ちもわるくなく、美しい声と優雅な挙措《きょそ》をもつ女だったが、そういう罵詈《ばり》のヴォキャブラリーもなかなか豊富だった、それが彼女のクワセモノらしい点の一つだった。もっとも、それはぼくとふたりのときにかぎり、ということは、ぼくには気を許しているせいというより、ぼくをナメきっているせいであろう）

「そんな紙芝居じゃないの、これ、秘密だけど、いまホンモノのラブレター書いてんの」

なにごとだろう。

「ああ、ヒロシ……あしたにでも話すわ、あのウ、あたしたち婚約したの、愛し合ってることがたしかめられたの」

ぼくは受話器を持ちかえ、それはあの朝鮮人のジャズ歌手とヨリをもどしたことか、ときいた。

「あら、ジョニー・李《り》なんて完了形よ、夢去りぬ、だわ」

「白タクの運転手……」

「ああ、あれはジョニーのまえの子よ」

「株屋もいたはず……」

「あら、そりゃそのまえの建築技師の、あとのくちよ」

「勝手にせえ！」

「今のはだれも知らない人。でも、あたしはじめて会ったとき、あ、これこそ男の中の男、と思ったの。とてもリッパな人よ、肉体労働者の党員なの。（と、彼女はそこに力をこめた）かれこそ、誠実だと思うわ、だって、労働者なんですもの……それに、きっと正直よ、だって党員なんですもの」

ぼくは、すると党のご神体というのは花咲爺《じい》さんででもあるのかね、と冗談をいった。

「いやなヒロシ、そんなふうに党のワルクチいうなんて、いけないことだわ。党のいうことはいつも正直じゃなくって？ あらゆる政党の中で、前衛党だけはウソをつかないわ、だって、弱きもの、しいたげられるものの味方、っていう旗印、はじめからひるがえしてはいないわ、戦争中も節を屈しなかったのは党だけよ、だから信用してもいいわよ、あたしもよくわかんないんだけれど、ああいう人たちは、きっと革命はくるって信じてるのよ。なんでもケイの……これ、かれのことよ……ケイの話だと、カクメイって、人間がたのしく思うままに生きて、それがちゃあんと、自分も他人も傷つけず、犠牲にしない仕組みの社会のことなんだって。それが実現すればすばらしいじゃない？ あたし、そんなこと考えてるかれと、かれの党が好きだわ」

ぼくはそこにほれたのか、とたしかめた。

「まあ、こういうときの感情はべつなのよ」と、有以子はあわれむように教えた。

「ヒロシはすぐ惚《ほ》れたはれたしか、考えないのね。そんなの、素っ町人趣味だわ——かれがあたしのなかに呼びさましたものは、もっと精神的に高度なもの、同志的信頼と友情よ」

そんなものはバケツのなかへほってしまえ、とぼくはいった、どうせそんな男はロクデナシにきまっている。

「あんた、党や党員に何かやいているんじゃない？　党コンプレックスというやつだわ、あんたこそなにさ、くだらない漫才芝居しか書けないでさ、自分がクズなもんで、充実した人生を送ってる人には嫉妬《しっと》するのよ。ともかく、現在のあたしはとても幸福よ、寝られそうもないので、ケイに恋文かいてるの、あっ、そうだ、ねえ、トロツキストて、何する人だか教えてよ」

ぼくはていねいに、バカ野郎！　といい、静かに受話器をおいたが、電話の奥では彼女がうれしさに相好《そうごう》をくずして、悦に入ってもみ手をしているさまが想像できたのであった。彼女は恋人をうるたびに、だれかれに披露《ひろう》することによって、つまり周囲の反応をみることによって、いっそう自分のよろこびをたしかめるという、例のタイプのひとりだった。ともあれ、彼女の捨てぜりふは、ぼくの心をがりがりとむしばんだ。

クズとはなんだ。

ぼくと有以子のつきあいは二、三年になる。彼女はもともと一種のコラムニストだった、するどいセンスのひらめきが、一行あるいは二行、それからそれを水増しした冗長で凡庸な文句――このほうはずっと多く――で、でき上がった小文（女臭芬々《ふんぷん》）を雑誌や新聞のちいさい枠のなかに署名・無署名で書きちらしていた。そのうち、ある放送団体の募集した懸賞ドラマに入選した。ぼくのほうは大学中途で発病して療養費ほしさに応募したのだが、これまたどんな風の吹き回しか、入選したのであった。数か月たつと、ぼくと有以子は、組んでの仕事をつづけざまにもらうようになった。失敗もし、成功もし、――前者のほうが多かったが――ぼくはあいかわらず今も下積みのライターであるのにくらべ、有以子はなんだかごてごてした肩がきがつくようになった。……身の上相談をラジオで引き受け、関西でおこなわれる各種美人コンクールの審査員でもあり、「愛児を輪禍から守る会」「都市を緑で飾る会」の幹事を兼ね、食いしんぼをとりえに利用して料理研究家なんてよばれていた、そして自分では、身の上相談専門女史にふさわしい威厳はあると思いこみ、たわいない風評などはシラミのように親指でひねりつぶす貫禄《かんろく》があると信じていて、自分の不行跡がつつぬけでなかまのゴシップの好餌《こうじ》となってることなんか、夢にも知らなかった。お人よしで才能なく、物しらずときたらひどいもので（だから、ぼくをブレーントラストにしたがる）、よくなんとかごまかしてると思うほどだが、それでもときどき恩恵のような天啓、巫術的《ふじゅってき》な直観力が彼女に湧《わ》くことがあり、彼女自身は無意識なのに、周囲をおどろかせることがある。——で、ぼくは彼女がついなめらかに発音した、クズということばに傷ついたのだ——あらゆるバカな女の例にもれず、有以子も無意識に人を（ぼくを）傷つける。が、まあそれはよし、それはいわば彼女との友情の上にできるカビみたいなものだから——しかし、彼女にそういわせる原因をつくった党員の恋人には、会わぬうちからむしゃくしゃした。

翌日、ぼくは仕事の打ち合わせで肥後橋《ひごばし》のRビルへ出かけた。涼しい一階ロビーの、金銀でぴかぴかした宝石箱のような自動エレベーターが目の前へおりてき、ブザーとともにドアがひらくと、中には、標本箱のピンで押した蛾《が》みたいな森有以子が貼《は》りついていた。

「あらまあ、ヒロシ……」と、彼女はエビス顔にくずれて、こおどりするようなうれしげな手つきでもって、ぼくの手をとり箱の中へひきこんだ。そういうときのきげんのよい顔は、かわいらしかった、少なくともぼくを不快にさせるものは、そこには何もない。

「いいとこで会ったわね、あたし帰るとこ。でもいいわ、おつきあいして引っ返すわ」

彼女のことばも、いやみなところはちっともない……阪神《はんしん》間の高級住宅地で使われる、関西ふうな柔《やわ》らかみを帯びた標準語で育ってきたことがしのばれる……ぼくは十階のボタンを押す。箱の中はふたりきりだったのに、有以子ははばかるように声をひそめて、

「ヒロシ、あのことだれにもいわないでね」といった。並ぶとぼくの肩までしかなく、顔も胴も足も丸々として球型でできあがったようなからだつきである。「あたし、こんどこそ結婚するの、かれが最後の男よ」

何人めのだ、とぼくは揶揄《やゆ》した。

「バカ、いつもとちがうわよ、かれこそ誠実よ」

有以子が力を入れて誠実というとき、ふいにぼくは彼女の背後に一列にならんだ、果てしもない不毛の過去、みのりをもたらさずに終わったいたましい情事の行列をかいまみた気がするのだった。ものにおどろいたような、まるい出目、小さい鼻とやわらかなまるいくちびる。それには濃いルージュがほどこされていたが、あんまり手ぎわよくぬられていなくて、童女のいたずらみたいにゆがんではみでていた。そのため、どうかすると彼女の顔は、べそをかいたような表情になる。腕のあらわに出たけばけばしいまっかなドレス(ぼくにはなんか、速達の状袋みたいにみえた)、金目のかかった持ちもの、彼女はその気になれば文化人(ぼくも彼女も去年発行された文化人名鑑にのっている)ではあるが、いつもぼくには、まるで盛りをすぎた醜業婦か、いたいたしい不慣れな手品師みたいに見えることも事実だった。

「だからねえ……」彼女はぼくの腕を夢中でぴしゃりとたたいた。「みててごらんなさい、あたし、かれにふさわしい人間になるの、そして社会を変革すんのよ、ああ、ひょっとすればローヤへはいるかもしれないわ」

　ぼくはびっくりして、何かぼくで役だつことがあったらすると約束した。

「あら、かもしれないということよ。あたし、何年くらいこもうとそんなこと平気、あたしには革命と死のイメージしかないわ、このごろは学習でたいへんよ、ヒロシ、こんど中《なか》之島《のしま》の公会堂である党の講演会にこない？」ぼくはその日、リハーサルに立ちあう約束がある。「だめッ、とても意義のあることだわ、あたしたち、何が味方で何が敵か、よく知らなくっちゃいけないわ、あたし、かれの話をきいてて、なんとまあよく納得できたことでしょう。あたしたち、今までよく気づいてなかったと思うの、民衆の自由と民主的権利をジュウリンし弾圧する反動勢力が、いかにあたしたちのまわりに根を張りつつあるか、ヒロシも物書きならその方面、よく気をつけなくてはいけないわ……こんどの講演会は、重要な意義があるわ」彼女は小切れや造花がごてごてくっついた麦わらのカバンから、なにかしらん桃色の刷りものを出して「八十円よ」とぼくにわたした。――「なんだい、これは」「あら、それ整理券よ、ヒロシの分もとっといたのよ、あたしたちの民族的権利を……」

　ぼくは、よっしゃ！　と叫び、大いそぎでズボンの尻《しり》ポケットから百円玉を出して、民族的権利を買い上げた。

「ありがと」と、彼女はにっこり笑ってうけとり、「おつりがないんだけど」

こんどもらう、とぼくはいった。

「じゃ、二十円は党へのカンパとしておきましょう、これは民族的義務よ」と、彼女はカバンのとめ金をぱちんとかけ、ついでにその大きなしまりのない口もやっととじた。

箱は昇天し、ぼくらは十階で吐き出された。真紅の絨毯《じゅうたん》をしきつめた廊下を、たかいハイヒールにてこずってよたよた歩きながら、彼女は、「ともかくケイの目がいいのよ」と、大きな声で話しだした。

「とても澄んでるわ、あれは何か、信ずるものをもってる人の目よ、ヒロシなんか、思想的トラホームにかかってるわよ」――有以子はぼくの腕にするりと腕をからませてきて、ぼくのワキバラをどやしつけた、その接触は非常に自然な、ものなれたしぐさだったので、いつもぼくに彼女の過去、いままでこうやって腕を託したたくさんの男たちとの過去を思わせずにはいなかった。

「さァめェよ――わがはらから……」とうたいながら、彼女はR放送の札の掛かったへやのガラス戸をいきおいよく、あけた。

## 2

仕事の打ち合わせを二、三人と、あちこちですませ、台本の刷り上がったばかりのをもらい、十一階の軽食堂へ上がった。彼女は壁ぎわで、タバコをふかしながら待っていた。

ぼくはこの食堂を好む。どこにも窓はなく、照明は明るいようでどことなく暗く、いかがわしい風情をにおわせて、折りたたまれた壁のすみや天井からぼうと漏れてくる。うす赤いかまぼこ型の天井は、まるで何か巨大なさかなの内臓へもぐりこんだように錯覚させる。壁に掛かった丸い金色の時計をみても、それが午前か午後か見当もつかず、壁面はいろとりどりの花で飾られていたが、よくみるとそれらは精巧な造花で、一年じゅう温度は一定していたし、季節さえここにはなかった。セルフサービスのたべものを運んでいると、顔みしりの物書きや役者が声をかける。ぼんやりと見いる壁のテレビや、舌を焼く熱いコーヒー、字を見すぎたあとの疲れ、ぼくはそんな時間が好きだったし、遠くにいるだれかれのワルクチを有以子と話し合うのも好きだった。ところが、いつも彼女から口を切るワルクチをちっとも切ってこないのだ。彎曲《わんきょく》したパイプでささえられたオレンジ色の合成樹脂のテーブルに、彼女はひじをつき、うすら笑いを浮かべたまま、ぼくの冗談をきいてるでもなくきかぬでもなく、彼女は考え深そうな視線で、煙のゆくえを追っていた。彼女のうごきのはげしい手の表情、うそかホントかわからない印象を与える笑い。深々とした、それでいて、酷薄で狡猾《こうかつ》な目つき。それはいつもみなれたものではあったが、そうしてぼくはそのなかから真の感情をつかみ出すのに、かなり熟達してはいたが、それでもきょうの彼女は勝手が違った。——そのときサムライ姿にふんした知り合いのタレントが、武家娘の目のさめるような美しい女優と肩を並べてはいってきた、かれは、やあ、とあいさつし、武家娘はくわえていたタバコを離して、「あら、しばらくね、ヒロシちゃん」といった。ぼくは有以子を笑わせようと思って、かれがいつまでも独身でいることについての、ワイセツなデマを彼女に耳打ちした。でも、彼女は笑わなかった。

「わるいけど、ヒロシ……」と、彼女は気の毒そうにいった、「なんだかきょうのあんたは今までとちがうわ、まぬけて滑稽《こっけい》よ、——あたし、あんたのダジャレや冗談、いつもほどおかしくないの……かえって胸がむかつくだけよ」

失礼、とぼくはいった。

「あら、怒っちゃだめよ」と、彼女はまがいもののルビーの光る手をのばして、ぼくの腕を慰撫《いぶ》するようにたたいた、「これはあんただけでなく、ここでとぐろを巻いてる連中、みんなについてそうかんじるの……だけど、べつにみなが変わったわけではなく、あたしが変わったんだと思うの、つまり、すこし変わった経験をしたもんで、違和感をかんずるんだと思うの」

「経験というのは、党員さんとのことかい?」と、ぼくはきいた。

「そうよ」

ぼくはコーヒーをかき回しながら、つい、きいた。「もう、かれとは寝たの?」

「あら、いいえ……」

と、彼女はつんと頭をもたげて威厳のようなものをみせたので、かえってぼくに確信させてしまった。

「へえ……どうして寝ないの?」愛し合ってるなら寝るべきだろう、とぼくはひやかした。

「今までの男とちがうんだったら。……かれはいいかげんな男じゃないのよ、だって、党員ですもの」

「党員だって、種族の繁殖はやるでしょう」

「バカ!」

と、彼女は叫んだ。その目には張り裂けそうな憎しみと軽蔑《けいべつ》がゆらめいていた。彼女はよくバカ、というが、そしてそれはあらとかまあとかいうのと同義語なのだが、ここは正真正銘のバカだった。

「なんてやくざな男なの、ヒロシって……」

ぼくは、きょうの森さんは扱いにくい、という意味のことをほのめかした。

「ふん。男子と小人養《しょうじん》いがたし、ね」有以子は勝ち誇ったようにいった。「ヒロシみたいな青二才にわかってたまるもんですか、あたしはあたしよ。かわったにしろ、そりゃ全然別のもんになるわけじゃなく、もとからあったものが出てくるのよ、女はそこにあるのよ、いろんなものを発見するのは男なのよ、かれはあたしを発見し、あたしはかれによって存在したのよ。これもかれが党員なればこそよ。資本主義社会は、そういう男と女の本来の特質・機能をめちゃめちゃにしちまったんだわ、だから、主義者たちが……」

ぼくは、彼女のこんどの恋は何か月つづくかと考えていた。はやく、市電の車掌でもあはたして、つづく二週間のうちに、ぼくは十冊も本やパンフレットを買わされた。「わとがまにみつけてもらえばよいが、こういう恋人は、ぼくにも迷惑がかかるかもしれぬ。

はたして、つづく二週間のうちに、ぼくは十冊も本やパンフレットを買わされた。「わが党の輝ける四十年」「党員必携」「党綱領」「レーニン選集」「マルクス・エンゲルス集」「社会科学入門」「史的唯物論のなんとか……」

そうして、きまって彼女から電話が掛かるのは夜である。

「ヒロシ、あれ読んだ?」

「まだや」

「さっさと読まなくちゃ困るじゃないの、じゃ、早いとこ目次をみてさ、だいたいどんなこと書いてあるのかいってよ」

彼女は自分で読むのはめんどうくさくもあるし、読んでもわからないので、謙虚でもあるわけだった。ぼくはそのうち読んでおく、と約束した。なんといっても彼女は気のよい女だったし、ぼくには親切にもしてくれ、きげんさえよければタダ酒も飯もおごってくれたし、その肌慣《はだな》れした心安だてな優しさが、ぼくを寛大にも感傷的にもさせるときがあり、有以子とつきあわせるのだった。

「野末《のずえ》・計《けい》というのがかれの名よ」と、有以子は教えた。「電車の保線区がかれの仕事場よ——とても忙しいし、夜ひるないんですって……あたしたちデートの時間もないの、それに、かれ、細胞のキャップ（と彼女はうれしそうに、そういうことばを舌にのせて楽しんだ）でしょう、とにかくすごい勢いでぶんまわってるコマみたい、あんたみたいじゃないの」

どんなのであろう。

「ああ、目的があんの、ちゃんと大きな、りっぱな——」有以子はことばにつまった。

「そりゃ、感心するような、生きる目的」

ぼくは感心した。

「あんたなんか──ヒロシなんかにはわかりゃしないんだから。トイレのドアをばたんばたんとあけしめして、一生おわるような人には……。あんたもっと唯物論を勉強して弁証法でものを考え、歴史的理論的無知の欠如を埋めなくちゃダメ」

有以子は上きげんだった。ぼくはやはり、ひとつだけ、ききたいことがあった、

「いったい、そんな男と、どういうきっかけで……」

「ああ、ヒロシ、たいせつなことはあたしたち、愛し合ってることを確かめたということよ」彼女は大急ぎでことばを濁すのであった。「それがすべてよ、そうじゃなくて？」

そして、うきうきした語韻をのこして、彼女は電話を切った。

3

ぼくが中央公会堂の党講演会へ出かけたのは、民族的権利の独立を希求するに熱心であったからではなく、有以子のためだった。つまり、彼女の上きげんは、ぼくを快くさせるものの一つだったのだ。

しかし、ぼくがかけつけたときはもう講演会は終わり、あとは映画（中共製作の）になっていた。入り口には若い娘や男たちが、いろんな署名（なんでも、とにかく反対のも

の）とカンパのグループをつくってあちこちに固まっていた。受付のテーブルでは花束や花輪をほぐして、来会者が一輪ずつ持ちかえるように並べている青年もあった。ぼくと有以子は青い垂幕《たれまく》のある正面玄関でばったり会った。で、立ち話をしていると、そこへ大きなからだつきの、身なりの粗末な男が通りかかった。

「ケイ！」と、彼女はよびとめた。ぼくはそのときはじめて、野末計をみた。かれはよごれた白シャツを着て、古ズボンの腰には手ぬぐいをぶらさげていた。素足にちび下駄《げた》で、がっしりしたうわぜいのある体格で、紹介されると、まごまごしてあとは口のなかでつぶやいた。（あとでわかったけど、かれは世間なみのあいさつと無縁な男だった）寸のつまった、埴輪《はにわ》にみられるようないい顔だちであるが、戸外の直射日光に焼かれた、消耗のはげしい疲れた肌だった。見たところ、ぼくよりは年上だが、有以子よりは年下らしく、それでもかれのどこにも若さを感じさせるものはなかった。穏和で怜悧《れいり》な目をして絶えずにこにことしているところが、老成したかんじである。それは悪い印象ではないが、およそ有以子とどんな共通点もありそうにない、彼女がどこで拾ったのかはわからぬが、ともかく妙な取り合わせだった。そこへぼくが加わって、いっそう妙な取り合わせになりながら、ぼくらは公会堂を出てビールを飲みに出かけた。いちばん手近なキタのビルの屋上に、まだビヤホールはひらいていた。えらい混雑で、色電球をかけ連ねた頭上の夜空には、わんわんという喧騒《けんそう》がたちのぼり、金網ごしにのぞまれる脚下、何十メートル下の道路からは盛りばのどよめきが伝わってきた。ケイはごくごくとビールをのんだ。太い腕につづく大きな手、よごれた爪《つめ》。

「どんなお仕事です？」

ぼくのことばに、かれはあわててコップをおいて、

「線路工夫ですよ」と、どもりながらいった、それからオズオズした笑いをうかべた。笑いがゆっくり顔じゅうにひろがると、目がほそくなって、なくなった。「あの、線路の上をねえ、ゲートル巻いて、はしごかついで歩いてるの、ごらんになることあるでしょう」

「お国は？　オオサカじゃないですね」

「あの、ですね、ぼくは関東もんです、流れ者ですよね」

これだけいうのに、ケイはりっぱな鼻柱のあたまに汗をかいていた。そしてまた、卑屈にみえるほど気弱そうな笑いを浮かべて、目じりのしわを深めた。おもい口調で、草深い田舎や、蒙昧《もうまい》な、頑固な農民の性癖を暗示するような、野太い声でもつれるように、ケイはしゃべった。しゃべりながら、気がねするような、指示をあおぐような顔つきで有以子をかえりみて、まぶしそうに笑った。それは恋人どうしのめくばせ、という艶《えん》な風情はさらになく、まるで、クマが女クマ使いの顔色をみているような連想をぼくに与えた。しか

し、有以子は酔いのまわった目もとでそんなケイをさもいとしそうに、微笑しているのであった。かれが便所へ立つと、有以子はイスをひきよせて進んだ、

「どう、ヒロシ、あんたに見せたかったのよ」

「うん、いい人ですね」

「善玉じゃあるわね」

「いいのをつりあげたね、朴訥《ぼくとつ》を絵にかいたような人ですな」

有以子は声をあげてうれしそうに笑った、それから、ぼくのひざをぐりぐり突いた、

「あんた、あたしのことでへんなこといっちゃ、いやよ」

「何を？」

「ああ、ヒロシ、わかってるじゃないのさ、かれはすごく初心《うぶ》な男よ、つまり、ええ、つまりその……」と、有以子はぼくの向こう脛《ずね》をけりつけた、「わかるでしょ！　かれはきっと経験ないのよ、経験って何のかわかるでしょ」

「ハア、わかります」

「だから、あたしも、過去のことはかれには話してないの」

「こんどはえらく慎重な作戦ですな」

「バカ！　あたしほんとにかれが好きなのよ、そうよ、あたしの捜してたのは、あんなふ

うなひとだったんですもの……しかも、かれと婚約したのよ、あんた、婚約って日本語、知ってる？」

「知ってる知ってる、字も書ける」

「これはたいへんなことよ、おたがいの人格をみとめ合ったことですからね。あたし、そのこと考えると、こわくなることあるの」彼女は恥ずかしそうにほほえんだ、「でも、あたし、ケイだけは失いたくないんですよ……まじめな人だし……傷つけるようなことはしちゃいけないと思ってるわ」

ぼくは有以子が、このあたらしい恋人にのぼせあがっていることを疑わなくなっていた、それから、ケイをうぶな純情な男と思い、自分もそういうものにたいする郷愁をかんじはじめているようであった。

「とにかく、結婚というのはね、これはたいへんなことよ。対外的にも、これからはふたりで責任とりますと誓いあうこと、内的にも誓いをたえずたしかめあうこと……」有以子が婦人雑誌の付録にあるような解説をしていると、ケイがもどってきた。

ぼくはケイにはかなり好感をもちはじめていた。正直いって、どこの馬の骨かわからない印象はあるにせよ、絶えず大きいからだをぶきようにあちこちへぶっつけ、長い大きな手足の置き場に困るようにまごまごし、有以子の顔色ばかりよんでいるさまは、すれっからしなところはひとつもなかった。有以子が勘定を払っているあいだ、かれはすこし考えて、そしてすばやく彼女の飲み残したビールを干した。ぼくに見られると、きまり悪そうに平手でくちびるのあわをふいて、あわてて追ってきた。

ぼくらがジョニー・李に会ったのはそのあとだ。ジョニーのヒルマンが御堂筋《みどうすじ》を泳いでいて、ぼくらをみつけ、拾いあげたのだ。ジョニーのマネージャーの鉄ちゃんという男、それにぼくも知ってる若い女優、車はぎゅうぎゅうにつめこまれた。有以子はジョニーとの出会いを不快がるどころか、ひどく喜んだ。いったい、ふたりはジョニーが放送局専属バンドのボーイだったころからの仲で、少年ジョニーは坊や坊やと皆にかわいがられながら、年齢にも似合わぬ、女にかけてはすご腕なのであった。有以子はジョニー・李が歌いたいとして世に出るまで、だいぶみつがされているはずである。別れたときはずいぶん泣いたり恨んだりしたくせに、会うといつも調子がよい。ジョニーの手腕や有以子のお人よしのせいもあるが、それ以上にふたりのもつムードに何かウマのあう同質のものがあるらしい。――いっしょにいると、慣れきった空気の肌ざわりや、よく知ってる会話のテンポの思い出が急によみがえるのか、ジョニーをみやった有以子の目のすみには、はんなりした色好みな華やぎが、かくしきれずあらわれていた。ジョニーは頬骨《ほおぼね》のひいでた、目のほそく切れ上がった朝鮮系の美青年である。ひとみが豹《ひょう》のような琥珀《こはく》色で、ときどき無表情にキラリと光ると、えたいのしれぬ冷たさを感じさせるが、今夜はすこし酔ってるのか、目もとはぼうと赤らんで、人なつこい色にうるんでいるのだった。「どう、お有以さん、その後」といったとたん、車がうごきだした。これがひどい運転だった、交差点でとっさにふみとどまり、みんな舌をかみそうになった、

「バカ！　電気あんまみたいなくるまね！」

有以子がののしったとたん、車はすべりだし、みんなあおりをくらってシートに後頭部をうちつけた。そのたびにおこる悲鳴と笑声。ジョニーがいった、

「そっちの穴ぐらからひき出したクマみたいなおっさん……何する人、あんた？」

「あら、この人はクイズ解答家よ」と、有以子はげらげら笑った、

「そうかい、おれはまた集団見合いの主催者かと思っちゃった」

車がとっさに動きだし、みんなはいっせいに首をふって叫びながら口々にののしった。車のラジオはいまひどくはやっている「殺し屋の微笑」をがんがん鳴らしつづけていた。女たちの帽子がゆれおち、ハンドバッグがふりまわされて車内は沸きかえり、はちきれんばかりだった、

「で、お有以さんは何を売ってんの？」

「バカ、あたしがミカンやイワシ売るわけないじゃないのさ、あいかわらず高潔な人格と

才能よ」

などと後ろの席ではジョニーと有以子がふざけちらしている。持ちこんだジュースのびんが足もとでゴロゴロし、ぼくはいやというほど隣の女優に向こう脛をけられたが、狭いので文句のいいようもなかった、ハンドルを握る鉄ちゃんひとりはごきげんで、そら！といってカーブを切った、車はまるでうれしゅうてたまらんというように片足でまわるみたいにかしぎ、みんな将棋倒しとなった。あわだつレースやシュミーズのひだ飾りがまくれ上がり、女の子はくつ下どめまでみせてぼくの首玉にかじりついてきた。スカートは裏返しになり、帽子のリボン、手袋、金の留め金のバッグ、男どものほどけたネクタイ、クッションの金糸のふさ、花びんの水のしずく、かん高い叫びと笑い、笑いすぎたための涙やしゃっくりなどを、きれぎれにいっぱいつめこんだ車は、まるで、灯を入れた極彩色のキャンディBOXが走っているみたいだった。

ぼくらがよくたまり場にしている、キタの川っぷちのバー〝アンリ〟は、今夜は込んでいて、ルームクーラーもきかず暑かった。いそいで冷たい酒をのむと、なんだかすぐまわってしまった。

「ジョニー、あんた団結ということば知ってる？」有以子は甘い酒でねとつくカウンターをピアノのように指でたたいて、「あたしこのごろ学習してんのよ、もう昔のあたしじゃないのよ、日本の進む道は労働者の団結よ」

「団結、おれそれは好きだ、お有以さんとは団結したいと思ってるよ」と、ジョニーはだらしなくゆるんでいる有以子のくちびるに接吻《せっぷん》した、

「バカ、団結ってあんた、ジョニー、すべての人民は資本家階級の搾取と収奪に対し、団結してたたかうべきなのよ」

有以子はかなりよっぱらってるようだった。太い短い、まるい足をとまり木にぶらぶらさせ（高いので、青とクリームの市松模様になった床へとどかない）片腕をさしのべた、

「民族の独立、貧困の一掃……ケイ、それからなんだっけ……そうそう、戦争反対！　ジョニー、あんたもこれから勉強しなくちゃだめよ」

「うん、手ほどきしてもらうよ、あんたは特別親切ですからね、仰げば尊しわが師の恩、ねえそうでしょ？」

ジョニーはふいにケイにうなずいた。それから有以子にささやき、それはワルクチであったらしく、彼女ははじけるように笑いだした。そのあいだケイはじっとして、口辺にオズオズしたにぶい微笑をうかべながら、田舎もののおどろきでもってやりとりに耳を傾け、びっくりして見比べていた。そんな自分に腹をたてたようにむっとした顔色になった。その盛り上がった背の丸みは、まるで怒りがうっくつした野獣のような、未知のくらい途方

もない爆発のエネルギーを感じさせるのだった。かれはすこしどもるようなつぶやきで、

「あの人は何する人ですか？」と、ぼくにジョニーのことをきいた。クリーム色のセビロに青いシャツをつけたジョニーは、バーテンや顔みしりの客に、すっかりとりまかれていた。

「何か、人気商売の人ですね」と、ケイは目をみはって古風な表現を用いた。

「ただのジャズ歌手ですよ、そのほか軽い芝居もするし」

ぼくはまげものコメディ〝チョカ助の無茶修行〟のゲストにかれが出る台本を書いたことがある。

「はあ」と、かれは感嘆した。「マスコミ人種ですなあ」

それにはすこし軽侮《けいぶ》のひびきがあった。ぼくはなんとなくかれが週刊誌の愛読者であるような気がされたのだった。マスコミ人種なんていう人種はどこにもないのである。それは、あると思わされてる人々の頭にだけ、俗悪週刊誌や雑誌の記事にだけあるふしぎな人種の一種なのであった。かれはすこし酒が回りはじめたのか、声が大きくなって、

「ああ、じつに退廃的雰囲気《ふんいき》だ！　ねえ、そうじゃないスか？」

と、ぼくの意見をもとめてきた。ぼくはじつのところ〝アンリ〟は半分、仕事場であったから、そんなことは考えたこともなかった。ぼくはここで人とあい、打ち合わせをし、

意見をかきとめ、原稿を渡し、他人の作品の欠点をあばき合うのである。ぼくのほかのだれかれも、忙しそうに連絡に来て、そして酒場であるというしるしに、色のついた飲みものをちょっとすすってゆく、というだけのはなしである。

「ああ、マスコミ人種はあんたもだ、あんたも放送作家じゃないスか?」

こんどはケイはぼくにからんできた。頼むからそんな呼び方はしないでほしい、とぼくはいった。

「いいや、そうだ、マスコミ人種だ、軽佻《けいちょう》浮薄《ふはく》なるブルジョアモラリズムを宣伝し、民衆に害毒を流してあるくものだ。反動政府に協力して愚劣な退廃政策のお先棒をかついどるじゃないスか?」

たしかにぼくはつまらない脚本をかき、あり合わせのモラルの範囲でオチをつけてる。こんなややこしいオチをつけてつじつまを合わすよりは、社会そのものの体制を変えてしまうほうが手っとり早いと、思ってはいる。しかし、にもかかわらず、ケイにそうののしられると、何かぼくのことではないような、自分がとんでもないオバケ(有以子がぼくに買わせた、赤ハトシリーズのさし絵にある資本家階級の戯画――ふくらんだおなかをつき出し、シルクハットに葉巻きをふかし、牙《きば》をむき出したオオカミ紳士。その豊かな太鼓腹には、搾取、収奪と矢印がはいっている)の、子分オバケになったような気がして心外であった。

「あんたは文化人だからな！　おれは線路工夫だ」そして、ケイは腿《もも》を打って笑った。かれはもう何杯も酒を代えていた、ぼくにはなにかかれは酒癖のよろしくない予感がされるのであった、

「——退廃だ！　〝すてきな生活〟そっくりだ」と、ケイはジョニーにもたれ掛かってる有以子をみやって、にがにがしくつぶやいた。ぼくはやっと、話題をみつけてほっとした。

「〝すてきな生活〟、ごらんになりましたか？」

それは評判になった外国映画だ。

「いや、あれは赤ハトにけなしてあったから、見なかった」そして、ケイはまた声をたかめて、

「ブルジョア的退廃だからだ！」と、ぼくにどなった。

ぼくはしかし、ケイを悪く思う気にはなれなかった、ただ非常に正直な男だという気がしたのだった、有以子が足をもつらせながらやって来た。

「あら、とても意気投合したようすね、……ねえ、ケイ、楽しい夜じゃなくって？……これから皆で〝キャンドルクラブ〟へいって、バナナとアイスクリームのフライを食べましょうよ、ジョニーがそういうの……」

ジョニーはウイスキーソーダのグラスを手にして、ぼくをからかうために席を立ってきた。

「ヒロシさん、あんた、あいかわらず飢えたウサギみたいだぜ。不景気だね」そして、ぼくより年下のくせに、「子どもは帰る時間だよ、ヒロシ……」と、ぼくの肩をたたいた。

ほんとに〝アンリ〟のラジオは澄んだ「みおつくしの鐘」を鳴らしはじめていた。

4

一週間ばかりのち、九月の第三週のある夜おそく、有以子がぼくのうちへ来た。ぼくは困惑した。

「いま忙しいんでね」

「何してるの？」

「〝脱線夫人〟や」

「バカ、そんなクズのドラマと、人間のなまのドラマと、どっちがたいせつなのよ、ぼけなす！」と彼女はいいながら、強引にあがりこんできた。彼女のコートと傘はしずくできらきら光っているので、雨がひどくなりだしているのがわかった。

「ケイ！　いらっしゃい」と、彼女は呼んだ、そして奥の部屋とのしきりのカーテンを払って、さっさとぼくの万年床をはしょった。
ケイがびしょぬれになって、のっそりと入り口にあらわれた、にやりと重い微笑をみせ、
おずおずと上がりこんだ。ぼくはしかたなく、タバコと灰ざらをもってひっこした。
「どうしたの？」
「ああ、ヒロシ、ケイは別れようっていうのよ」
有以子はケイの髪の水滴をふいてやっていた。かれは不快そうにしばらくがまんしてい
たが、有以子の手がひっこむと、
「ぼくには森さんを幸福にする資格がない、ということがだんだん、はっきりしてきたん
です」と、だれにともつかずぼそぼそしゃべりだした。
「どうして？」有以子は熱心にいった、「あたしたち、理解し合っていたのじゃないの」
「いや、ぼくはきみから……いや、もうよす。ぼくはただ、いっさいを忘れてくれ、そう
いってお願いしにきたんです。すると、きみはひとりできく勇気はないからと、ヒロシ君
のところまでぼくをひっぱったんだ」
「なぜ？　いっさいを忘れろって、そんな単純な、無責任なことばで女が納得するはずな
いじゃないの」と、有以子は必死におちつきを見せようとするいたましい微笑をうかべた

が、その笑いは片頬でひきつれた。

「ケイ、それはあたしを愛してないという意味にとってもいいの？　ヒロシも聞いているんだから、正直にこたえてちょうだい。あたしを愛してない、あたしをきらいだから？」

「きらいだったら、今までつきあいませんよ」

ケイはもそもそとした口調で、「しんせい」のあき袋をひねくりながらこたえた。まるで、尻のおもいクマがむちでひっぱたかれて、いやいや芸当しているような態度だった。よそよそしく、かたくなな感じで、顔を強情に伏せているさまは、頭のわるい子どもを叱《しか》ってる気持ちを起こさせた。ぼくの目の前にあぐらをかいたかれの足があり、爪先《つまさき》のやぶれた靴下がぬれてひどい悪臭を放っているのだった。有以子が、

「じゃ、あなたはなぜ、あたしにあんなにやさしくしたの？」

それはぼくの耳にはこうきこえた、（今になって拒否するのなら、どうしてあたしと寝たの？）有以子には奇妙に気の弱いところがあり、それはときに奥ゆかしい羞恥《しゅうち》となってあらわれるのだった。それは彼女がうけた古風なしつけのせいか、彼女自身の鼻っ柱の弱さのためか、ぼくにはわからなかったけど。

「しかし、男が女の人に優しくするのはあたりまえじゃないですか？」

と、ケイはほとんど他人行儀なことばであざけるように答えた。あきらかに、ぼくには、

かれが有以子に対してよそよそしくすることで彼女をこわがらせ、追及をごまかそうとしているように思われた。ぼくにはかれの、未知の穢《きた》ない部分がかんじられていやだった。

「ともかく、ぼくはきみとはちがう世界の人間だということがわかったんだ」

窓外はひどい荒れもようだった。締めきった室内はあぶらぎったオトナたちの熱気が煮つまり、むし暑かった。しばらく扇風機のまわる音。ぼくはタバコをくわえたまま立ってゆき、酒と人工氷を出してきた。有以子は身動きもせず、机にひじをついて、あごをささえていた。虚空をみつめる彼女の目玉は、さながら底なしの井戸へボタンを浮かべたように、不安げに漂っていた。

酒がはいると、ケイはまたたくうちにことばが荒っぽく、動作は激しくなった、しずくだらけの机をぱちんと平手でたたいてそりかえると、

「おれは線路工夫なんだ！」といった。

「おれは貧しい労働者だ！」そして、酒びんを手で払ってころがした、「おれは不幸と悲惨を意識して生きるべきだと志してるのだ、これからが、おれの核分裂のはじまるときに、ぬるま湯につかってるような生活は避けるべきだ、と気づいたんだ、だから、おれにはきみはふさわしくないんだ、はっきりいう、はっきりいうぞう！」

かれはぎらぎらと目をすえ、あたまをふりたてた、

「おれにはきみなんかじゃまなんだ！」

ぼくはやっとわかったのであった、ケイはおそらく一種のアルコール中毒で、酒がはいるとがぜん勇気も残酷さも持てるが、しらふではひどくおどおどしてそういう自分を責めつづけている、ちょいとした二重人格者なのであろう、今夜のケイは、汗とあぶらでてらてら光りよごれてはいるが、それはそれなりに土俗神のような奇妙な彫像を思わせる陰翳《いんえい》のふかい顔だちが、なかなかりっぱだった。それに、このまえ〝アンリ〟であったときとちがって、たて板に水の雄弁であった。

「森さん、あんたにはすでに生活の形がある。そうじゃねえか？　おれがあんたの生活に何を盛りこめるというんだ！　おれはいったい、あんたを幸福にするために何をするというんだ、おい！　おれがあんたを、より豊かにするどんなすぐれた部分をもっているというのか。おれはおまえさんのペットになるのはごめんだ、あんたはおれを金で買える犬っころみたいに思ってるんだろう」

有以子はすすり泣きだした。

ぼくはおそろしい感動をうけた。彼女とつきあってこっち何年も、彼女の泣くのなどみたことがなかった。ぼくは、太古以来、涙など浮かびそうにない乾いたものに彼女の目のことを考えていた、それが童女のように手の甲を目に押し当てて、彼女はエッエッとむせび泣きはじめたのであった。

「ああ、ケイ……あたし、ほんとにあんたが好きなのよ、そんなひどいことといわないでよ、あたしのうわべにまよわされないでちょうだい……あたし強そうにみえてもグラグラなの、ね、ヒロシ、そうでしょ？」と、彼女はふいに涙のひまからぼくを見た、ぼくはあわててくちびるからタバコをもぎとり、

「そうだ」といった。彼女の顔はくしゃくしゃとゆがんで、また新しい涙がふきあがった。

「ケイ……あたしのそばにいて。あたしをたすけて。あたし、あんたにはじめて会ったとき、これこそ最後の男だと思ったのよ」

彼女はしゃくりあげてヒーヒーといった、

「そりゃあんたは気もきかないし、金もないし、プレイボーイじゃないから、あたしのきげんもとらないわ、だけど、うそをつく人じゃない、と信じたの。いままでの男とどっかちがってるわ、だから、あんたを選んだんじゃないの……」

「きみなんかにおれがわかってたまるもんか」ケイはすごく軽蔑したようにせせら笑った。

「あら、ケイ、そりゃ、あんたは前衛党のパリパリの党員さんですもの、きっとあたしよりかしこいでしょう、でも、あたしはそれだから尊敬してるんじゃないの、あたしはただあんたが好きなのよ、どうしてあたしを傷つけるのよ？」

「きみはおれの知ってるどんな女よりくだらないやつだ、明けても暮れてもあんなくだらない連中にもまれて（おそらく、前夜つきあったジョニーらのことであろう）ちっぽけなマスコミの井戸のなかで、いっぱし、文化人づらでいやがるのだ。おれの女友だちはもっとりっぱだぞ、手をよごして朝から晩までまっくろになって働いてる労働者だぞ、しかも、おれにカフカやサルトルを語ることができるんだ、彼女は実存主義者なんだ」

有以子は狼狽《ろうばい》して、涙のあいだからチラと助けを乞《こ》うようにぼくをみた、その目は、（早いとこ手短かに教えてよ、ヒロシ、じつぞんシュギって何なのさ？）といってるようであった。ケイはもはや完全に酔いのまわった大声で、

「人は傷つけ合って生きるべきだ！」とどなった。「傷つけあって、生きるあかしを求めるべきだ！　すべからく忘恩の徒たり、加害者たり、裏切り者たるべきだ！　そこにこそ、自身の存在証明、生きたあかしを得られるのだ、これは彼女のいうことだが、しかしおれたちは理解しあえるんだ、ところが、きみはなんだ、えせモノシリにすぎんではないか、いやしい売文業者にすぎんではないか。きみにおれの思想が共鳴できるか、おれの主義についてこられるか？　何千万の民衆を愛せるか？」

有以子はじっと体を堅くしてうずくまっていた。彼女が自分のことを、あわれに卑しく小さく、じつに取るに足らぬ情けないバカなうすのろに思っていること、ケイのことばが

殴打のようにひびいていることが、ぼくにはわかった。

「おれはね」ケイはほとんど大声でののしった。「党員だぞ。おれは党のために死ぬ。それは、おれはいかにも下っぱ党員だ。けれどもよ、おれは党のためにいつでも死ぬほど党を愛してる。だから、おれはきみを幸福にできねえ。きみを愛しもせん。なぜなら、きみはマルクスレーニンに縁がねえからだ。きみは今の腐った資本主義社会に難なくすべりこめる人間だ。おれのうしろへついてこられる人間じゃねえ。おれは大衆のために働かなきゃならねえ。きみにはひとにぎりのファンがあるかもしれねえが、おれには数千万の大衆がまってるんだ」

「あら、ケイ……あたしも大衆のひとりじゃないの、ひとりの人間も救われないような人が、数千万の大衆が救えるの？」

と有以子がつぶやくと、ケイはちょっとひるんで、

「そりゃそうだ……」といい、最後のウイスキーの一杯をのんだ、それから、ずるずると彼女のそばへ寄って、頬に触れた。ぼくはそのとき、のたりと笑ったケイの頬に、女好きなだらしない隈《くま》を（それはかれの過去の女関係を暗示させる）発見してはっとした。

「おれは革命の鉄砲玉がわりに、いまに死んじゃうのだ。いいのかい？」

「ケイ、そんなことあたしに関係ないわ、あたしあんたが好きなだけよ」有以子が叫んだ。

「それだけじゃいけねえよ。おれは党員だ、おれには死と革命のイメージしかないんだ！」

かれはだんだん大声になり、しまいに吠《ほ》えだした、

「そんなおれについてくるなら、きみも革命のイメージを持つべきじゃねえか！」そして、一瞬おとなしくきいた、「おれが死刑になったらどうする」

「殉死するわ」

「ウソつけ！」

かれはまた吠えた。

「それなら、きみの生活をぶっこわし、おれの主義をきみのものにしてついてこられるか」

「もちろんよ、ケイ」

ぼくは窓をのぞいた。やはり風は強く、檜葉《ひば》の生け垣が撓《しな》うほどの吹き降りだった。熟れた、夏の果実を叩き落とし、激しい陽光に干上がり涸《か》れすがれ、倦怠《けんたい》に打ちのめされた乾燥の大地をどっとうるおして、涼気を置いてゆく夏の終わりを思わせた。

ぼくはそっと、仕事場とのあいだのカーテンをひいて机の前に坐った。もはや、有以子とケイの会話には、第三者の介入は必要でないように思われたからだ。——しかし、ぼくには、ケイは未知の男だからむろんであるが、有以子もまたぼくの想像も及ばなかった面

をもつのを今夜はじめてみて、それがぼくの認識の範囲外だったことが業腹《ごうはら》であった。

「そうだな……」

ブルーと白のだんだら縞のカーテンの向こうでは、ケイがすこし折れていた。

「おれはきみを誤解していたかもしれん。おれはこのあいだの晩のやつらのために、きみまで軽蔑していたのかもしれん」

「そうよ、ケイ、あんたのために、あたし赤ハトもよんだし、いろいろ勉強したわよ、これでも」

と、有以子は男の気分を敏感に察して有頂天でいっていた。

「おれは線路工夫だぞ、いいのかい？」

「あら、だからこそ信じられるのよ」

「ひょっとしたら、おれたちは案外うまくいくかもしれねえなあ。おれはきみを誤解してたんかもしれん。おれたちはマトモな人間関係の対象として、意識の深部で調和された部分があるのかもしれん。そこから生まれたエネルギーが、おれたちの日常で再生産されつづけていくようになるかもしれん」

「何さ、ケイ、ちんぷんかんぷんなこといわないでよ」

有以子はすっかり元気づいて叫んだ。

「もっと手短かにいってよ、あんたはあたしをえらぶの?」

「よしッ、ついに選んだよ」

「じゃ……じゃ結婚してくれるわね」

「愛し合ってる人間は、いっしょに住むべきだ」

「そうよそうよ」有以子の声はこおどりせんばかりであった。「たいせつなのは、あたしがあんたを好きでたまらないことよ……そのこと、まじめに考えて」

「ありがとう」

ケイの声は感動していた。

「結婚しよう、するべきだよな。おれたちは完全に理解し合えるんだ」

「そうよ、ケイ。あたし、男遊びをしたいんじゃないのよ、それなら、もっと気のきいた金のかからないオオカミが町にはごろごろしてるんですもの……」

ぼくはペンを走らせながら声をかけた。

「ねえ……もう話し合いはついたんとちがいますか? はよう帰らんと電車がなくなりまっせ」

「あら、ヒロシ、あんたそこにまだいたの……」と、有以子がほんとに心から驚いたらしくいった、

「まあ、人のわるい、すっかりきいてたのね」

「おい、ここはぼくのうちやで」

「ついでに悪いけど、今夜どっかへ泊まってくれない？」

「冗談いうない、ぼく、仕事が……」

「持って出ていけばいいじゃないの」

　とつぜん、カーテンの背後で異常な沈黙。一分。一分半。ぼくのペンは、原稿用紙の桝《ま》目《め》と桝目のあいだで凍結して動かなくなった。それから――ふかぶかと息をのむ有以子の楽しそうな笑い、ある動作をそそのかしているケイの、野太いずうずうしいささやき。それから沈黙と、また有以子のくすくす笑い……ふと気づくと、ぼくは目を皿のようにし、耳を引っ立て、万年筆のペン先を紙の上で研《と》いでるだけだった。とつぜん、

「……きみがわるいんだぞ」と、ぼそぼそした酔っぱらったケイのだみ声。

「バカ、あんた酔っぱらいすぎてるからよ」と、有以子の甘ったるいささやき。それから笑い……ああくそ！　人をコケにしやがって……オレを何やと思うてけつかる……ぼくはそれでも意地になって机にしがみついてたが、一字だって書けたものではなかった、ペンをたたきつけると、レインコートをつかんだ、

「おい！　戸じまりだけは頼むよな！」――あほらしくて、怒ることもできなかった。深

夜バスをつかまえようとしたが、とんでもない反対の方角へ歩き、回れ右してひっ返したが、こんどはバスストップをゆきすぎてしまった。

5

「どう？　革命の鉄砲玉は？」

「うん、経過は良好よ。このあいだ会ったとき、一、二年のうちに結婚しようっていう話になっちゃったわ、十年後でも変わらないけど、早くいっしょにいたほうが、早くおたがいに何かプラスするだろうって、かれはいうの」

「いよいよこぎつけたな」

「いよいよこぎつけたわ」

ぼくと有以子は、スタジオの調整室なんかでばったり会うと、あたりに人のいないとき、そんな話をかわす。スタジオの中には二、三人の効果マンや、バンドの男たちがうろうろして準備している。青いデニムのGパンをぴっちりはいた、瞳《め》のきれいな美少年のバンドボーイがかけ回って連絡に走りあるく。ジョニーの昔の姿のようだ。年々歳々花相似たれども歳々年々人同じからず。ぼくはイスに馬のりにのって、録音機械の上へ灰ざらをもってきて、タバコをふかす。

「こんどこそ、ホンモノやね」

「ホンモノよ」と、有以子はうれしそうにいった。

ぼくは有以子の件を、なんとかかたづけてやろうと本気に思いはじめていた。まあ、ゆうずうのきかぬ頭のわるさはあるにせよ、ケイは有以子の今までの男のうちでは、いちばん朴訥で、まともであるようであった。ただ、ぼくは、ぼくらが思ってるよりもケイが自分の職種にこだわって虚勢を張ってるコンプレックスがあるらしく思った。そういうせんさいな心情が、あの夜の荒らくれた態度の中で、どう屈折しているのか、その接点をたどってゆくと、未知の暗黒につき当たる気もしたけれど。

「とにかく、党員っていうのは目のつけどころがよかったね」と、ぼくはいった。

「〝党員必携〟には、まず誠実であって民衆を偽らぬこととあるからな」

「そうね、それに、このあいだケイが、あたしと別れようといったのだって、かれが党のことを第一に考えてればこそだと思うわ、――ねえ、ヒロシ、つぎにどんな手を打てばい い？」

「ほんとにケイが好きなら、こんなスタジオをうろついてるより、手をよごして働く労働者になることやな」

「ああ、それは最後の切り札よ、ケイが求めればそうするわ、少しつらいけど」

「オオサカ女じゃないの、森さん——ケイについてくほうが得か、仕事つづけていくほうが得か、損得の判断はあんた早いだろ」

「あんたまで阿呆《あほ》な世間と同じようにいわないでよ、オオサカ女なんて、テレビや三文小説の中にあるだけよ、女は女よ、どこの女でも、損得をまっさきに考えるわ。あたしにはケイは黒字の利益よ」

「じゃ、話は早いや……もう、ケイでおちつくんだな」

「終着駅」

「うまくつりあげてよかったね」

「ええ、うまくひっかけたわ、けれど、かれがあんなに熱心になってるんですもの、きっと党っていいものだと思うのよ、いまにあたしもミセカケじゃなく、党が好きになるかもしれないわ。それが夫婦というものだと思うわ」

ぼくが興ざめしたのは事実であった、あまりに有以子がまっとうすぎることをいうので。ぼくはこんなことばを彼女に吐かせる、恋（もしくは安定した結婚生活への女たちの激しい渇望）の威力をつくづく思わずにはいられなかった。まあ、しかし、彼女はひっかけるといい、ぼくはつりあげるといったが、どっちもケイを彼女のワナへ捕えた感じがしていたので共犯みたいなものだ。

「スタジオOK！」

と、バンドボーイが叫びながら廊下をはしってゆき、ぼくらは激励の握手をしてそれぞれ仕事にかえっていった。

雨季のくるまえに激しい残暑がかっと照りつけ、やがて九月は熟れてゆっくり過ぎた、それから、秋の前ぶれの雨季が、オオサカの街をかすめた。たまに雨があがっても煙霧のためにに空はどんよりして、中之島のにびいろの川は重苦しく流れよどみ、あたり一帯の地盤沈下のために、公園のベンチの足もとまで川水は寄せていた。秋が例年よりおそいと人々は話していたが、ある朝とつぜん、雨季は去り、この大都会がいちばん美しい秋になった。

もっとも、ぼくが秋を発見したのは、例の、季節も時間もない十一階の食堂にいるとき、プロデューサーが銀杏《いちょう》の黄いろい美しい葉をもてあそんでいたからだった。かれはそれをRビル前の舗道で拾ったといっていたが、かれは、有以子の原稿の文句をぼくにいいに来たのだった。

「社会がわるい、政治がわるい、なんてオチをつけられてもしようがないんで……大衆は納得しないよ」

〝金亀《きんかめ》焼酎《しょうちゅう》〟がスポンサーの、歌謡物語のラジオドラマだった、ぼくは彼女の、男みたいにしっかりした字の原稿をぱらぱらくって読んだ。

「うん、どうもナマな啓蒙《けいもう》宣伝だねえ」

「でしょう?」プロデューサーは首をかしげていた。

「お有以さん、どうしてこんなもの書きだしたのか……いつもみたいに、甘く感動的にまとめてほしいよ」

「森さんにこれを?」

「いや、四、五日たてつづけに電話したけどるすなんだ。もう日がないのでね、いそぐんだけど、会うときない?」

たぶんケイのアパートへでもしけこんでいるのだろうと、ぼくは預かって帰った、今までにもよくそういうことはあったから。しかし四、五日もるすにするのは珍しかった。

ところが、その夜、ぼくがうちへ帰るとあかりがついており、有以子がこわれた長椅子《ながいす》にすわっていた。

「やあ……家主にあけてもらったのかい?」

ぼくはネクタイをほどきながらいった。

彼女は白地に濃いオレンジの太い棒じまのはいった服を着ているので身をよじると、まるで巨大なねじりあめみたいにみえた。両手の指に一つずつ指輪をはめていた。腕輪をして首飾りをたらし、満艦飾にかざりたてて、じっと壁ぎわにすわり、ぼくの酒を勝手につ いで飲んでいた。

「何かあったのかい？」

　ぼくがきくのを待っていたように、ワッと泣きだした。

「だめよ、ヒロシ、あたしもう……ケイはあたしから逃げたのよ！」

「逃げた？」

「絶交状をたたきつけて、行くえをくらましたのよ！」

「男の手でしょう、それは……痴話げんかじゃないの」

「ちがうわ、今までの男よりもっと悪いわ、ケイのやつ、あたしをだましてたのよ……」

　そして、有以子は三角の飾り台の、陶器の人形がころげおちたほどはげしく身をもんで長椅子の上で泣きわめいた。

　ぼくはどういっていいかわからなかった、ただ、彼女の今度の恋愛は、わりかし長く保《も》ったなと思い、棚からブランディの瓶をとり出しながらいった。

「で、なんぼとられたの？」

「何を？」

と、有以子は顔をきょとんとあげた。

「金を、よ」

「あら、いいえ……お金でもだまして取ってくれればいいんだわ、いつか新聞でみた、オールドミスの小金をまきあげる結婚詐欺のいやしい出っ歯の男みたいにさ、それとも、ずうずうしいジョニーみたいに……そしたら、お金がめあてだったんだと、あきらめもつくのよ！」

「なあんや、……金をとられてへんのか。なら、ええやないか」

有以子は金切り声をたてて座ぶとんをぼくに投げつけた、

「バカ！　ヒロシのバカ！　女にとって、もっとだいじなものをとられたのよ！」

「貞操かい？」と、ぼくは笑いださずにはいられなかった、「いったい、きみの貞操はいくつあったら気がすむのかねえ……」

「あんたってろくでなしの脳タリンよ、ちがうわよ、ココロよ、あいつはマゴコロをぬすんで逃げたのよ……」

そして、有以子ははらわたを嘔吐《おうと》するかのような激しさで泣きだした。

ぼくはブランディをすすりながら、苦労して彼女のでんとしたおしりの下から手紙をひっぱり出した。彼女がそれをくしゃくしゃにねじてるので、ケイのものだとわかったのだった。一冊三十円くらいのありふれた便箋《びんせん》に、ひどく右下がりの字が、びっしりと並んでいた。

「ぼくはあなたに十分の一ほどの自分しかさらけ出さなかった。ぼくはうそだらけの厚い壁を、自分に塗りかためて生きる習慣を作っていました。しかし、ぼくはもうこれ以上偽りの生活を続けていくのに耐えられない。ぼくはあなたに何もかも隠さずに告白せねばならぬ。するべきだと思ったのです。真実に生きるために」

　ぼくは、二、三行よんだだけで、ケイという男は相応に、ガク（教育）もあり、物も読んでいるが、つねにそれを重荷に感じていたこと、その理由がどうやら、かれの職業（おそらくはかれの任意にえらびとったものでない）と無関係ではないらしいこと、そこにかれの臆病《おくびょう》そうで傲岸《ごうがん》な混迷の原因があるらしいことを探りあてたのであった。

「ぼくは恐れつつも偽りつづけていけると信じていた。しかし、ぼくはある女性によって、その生活態度のあやまちをはっきり指摘されたのです。それは、いつか話したことのある実存主義者の女友だちです。彼女は長くぼくの恋人でした。あなたには許しようのないことですが、ぼくと彼女は意見の相違で別れたあと、どちらも、やっぱり愛し合っていることを認めざるをえなかったのです。ぼくはそのため、あなたと別れようとしました。しかし、弱いぼくは意志を貫くことができず、またずるずるとあなたと深みに落ち込んだのであります。そして、ぼくは口から出まかせをしゃべりちらし、行きあたりばったりな生活を続け、その虚偽の苦しさはぼくを圧倒せんばかりになったのであります。しかも、あなたにはつらいことですが、彼女に子どもができ、しかも彼女はぼくの子どもを産む意志をもっていることを表明したのです。あなたはもはやぼくに対する憎悪をごまかすことはできないし、ぼくも自分の逃げ道をさがしてはならぬと思っております。ぼくはあなたを愛したことなどなかった、ではなぜあなたに心ならずもうそをしゃべったかというと、あなたには残酷なことですが、ぼくはあなたを、手軽に遊べる女たちのひとりと錯覚していたのであります。それはぼくの軽率な判断とばかり責めないでいただきたい。あなたとぼくは、町のまんなかの公衆電話ボックスで知り合った。ぼくはあのとき彼女から絶交の電話を受けて、ボックスの中で涙にくれていた。あなたは何もしらず、ドアをあけてとびこんできた。アッといってびっくりしてドアをしめ、二分ほどしてまたあけた。どこかからだのぐあいが悪いかと、たずねてくれた。それはとても優しい感じだったので、ぼくはあなたに好意を持たずにはいられなかったのです。ひと月後、ぼくらは関係ができていた。あなたの優しさと親切はほんものだったが、ぼくはどうしても、そういう手軽な結びつきを信じられないし、あなたの文化的な（注。丸印はぼくがつけた）生活はぼくにふさわしくないという気はひかないのです。それにくらべ、彼女は小さい町工場にはたらく労働者です。ぼくと彼女は学習会で知り合った党員どうしです。ぼくらは何年もおたがいを知ろうと努力し合ってきた仲です。ぼくと彼女こそ、新しい生のエネルギーを生み出して党や組合やサークルの活動を通じ未来の社会を変革し、反動勢力のぎまんと圧制をはねかえしてゆくことができると信じています。ぼくは彼女を選ぶべきだと思った、将来を誓うべき男と女は、手軽な結ばれかたをするべきでないと悟ったのです。あなたはりっぱな人です。ぼくはあなたを、やさしい才能ある女性として尊敬していますが、どうしてもあなたを愛することはできなかったのです。ぼくもまた、この告白の傷をうけとめて再出発したいと思います。さようなら。ぼくはウソつきでした。ぼくはもう、あのアパートへ帰りません。ぼくをさがさないでください。計」

　ぼくはこの長文の手紙をよむと、ひどく疲れているのを感じた。眼精疲労というやつだな、とぼくは目をしばらく強くおさえた。それからひとくち、酒をすすった。

「ねえ、ヒロシ……」有以子はまだ身をもんで泣いていた。

「なぜ電話BOXで知り合ったのがわるいのよ！　酒蔵で寝ようが、便所でキスしようが、そんなことが愛の本質となんの関係があんのよ！　あたし恥ずかしい、ケイがほかに女があるのを見抜けなかったなんて、モノカキとして恥ずべきだわ……」

　彼女は泣きながら手紙を引き裂いた。

「ケイのウソつき！　バカヤロ！　ろくでなし……ああ、ヒロシ、あたしほんとにケイを愛してたのよ、なんてきたない野郎なの、電話ＢＯＸで知り合ったからって、どうしてお手軽な愛だと思いこむのよ！」

ぼくは同意した。それから、文中の文化的もおかしい、といった。ぼくも有以子と同業であるが、ライター（台本書き）なんて文化的にはほど遠い。およそ町工場の臨時工なみの給料と、それに反して過重な労働である。原稿のギャラをあげるには、やっぱりモノカキの団結が必要である……。

「バカ！　何が団結なのさ！」

有以子はぼくの本だなから「レーニン選集」「史的唯物論の何とか……」などを抜き出して次々に投げつけた。ぼくは狼狽して、腕であたまをかかえた。

「ウソツキ！　何が新しい生のエネルギーなのさ……何が未来社会の変革なのよ……」

ガラスの灰ざらに「わが党の輝ける四十年」が飛んでき、コーヒー茶わんにぶつかってかけらが四散した。

「きたない、きたない、きたない……なぜ、うそをついてあたしをだますのよ、何が革命？　何が民衆の味方なのさ」

有以子はこぶしで柱や長椅子を打った。

「何が弱い者の味方、しいたげられたものの味方なの？　え？　何よ、この、キザな手紙、なぜ逃げるの？　なぜ逃げたの？　なぜ、あたしの前に出てきて堂々とあやまらないのよ……」彼女はもうトメドがなかった。「反動勢力のぎまんと圧制をはね返すためには、女をだましてもいいの？」彼女の頬はほてり、両眼は輝き、髪は波打って、うしろへ後光のように逆立った。それから、ふかい号泣が来た。

ぼくの「石ころのように冷たい」心にかすかな憐愍《れんびん》の波が寄せてきた。彼女は自分自身、気づいていないほどふかく傷ついたのではあるまいか？　このバカな三十女の情けないいちっぽけな頭のなかを、だれが知ろう？　それにしても、一枚の手紙でオサラバできると思っているケイのお手軽さよ。（だが、ぼくは、かれの手紙をよんではじめて、子どもが正月にやるおたふくの顔の置き絵あそびみたいに、全貌がうかびあがったのであった。目や眉や鼻や口がてんでばらばらに散らばっていたのが、この手紙できゅっと一か所へ、あるべきところに収まったのである）ぼくはケイを理解できた。

しかし、それにしても……ああ、それにしてもだ……逆転勝ち、まあなんというケイのあざやかなウッチャリであろう。なんという傑作。

「ああ、敬服したなあ……」

ぼくはブランディをなめ、つくづくと感慨に打たれて叫んだ。

「イヤモウ、そういう手があるとはなあ。ケイのやつ、〝党員必携〟を逆用しやがってよ……」

「バカ、感心してるときじゃないわよ、あたし恥ずかしい、恥ずかしいのよ、ヒロシ……」

彼女ははなをかんで、涙をふこうとした。けれども、涙はあとからあとから、ふきあがった。

「あたし、ケイがそんなこと考えてるとは知らずに、まあ、かれの腕に抱かれてたんだわ。このあたしがだまされるなんて……よくもよくも、あんなうぶな顔して、だましたものだわ」

「だまされるやつは、もっと阿呆だよ」

ぼくは何かしら、どす黒いおかしみでハラワタがよじれそうであった。

「それはぼくもぬかってたけどなあ。あんたももう、ヤキが回ったね」

しかし、ぼくにも一片の慈悲心はあった。

「森さん……」

ぼくは彼女のそばへ腰をおろした。彼女のからだからはムッとくる女臭《くさ》いにおいがした。それは不快なものではなかったが、しかし顔をそむけたくなるようなにおいにはちがいなかった。

「なんでもないやないか——こんなこと。きみは少々ゲテ趣味やさかい、つまらん男にひっかかって女さげた、いうだけの話やないか、たいそうにいうやつがあるか、あほ」

ぼくは、どんなムードもことがらも、たちまち冷血な卑俗の水をぶっかけて熱をさましてしまう、あの大阪弁の、嘲笑的《ちょうしょうてき》な明快さを好んでいた。

「そうね、よくある話ね、年増《としま》女《おんな》が年下の男に夢中になり、捨てられる」

彼女はまゆをしかめ、いたましい泣き笑いをした。

「あたし、今になるとぼくぜんとわかんの、ケイがあたしを愛してなかったこと……ヒロシ、ケイに返事かいてもいいかしら。もうケイのことなんにも思わない、解放してあげるって……」

彼女の目にまた、あたらしい涙がふきあがり、そのまつげがビタビタぬれた。ぼくは彼女の少女趣味、自己憐愍に酩酊《めいてい》しやすいところが、彼女の不幸の元凶ではあるが、いちめん最良の手当てでもある気がしたので、黙っていた。

「ヒロシ、こう書きたいの、あたしはケイをはげしく心残りなく愛しつくし、憎みつくしたから、裏切られたって生涯のいくらかを浪費したとはけっして思わない……こんな詩、知ってる？」

彼女はぼくの原稿の書きそこないを一枚とって、大きな音をたててはなをかむと、かすれた声でいった。

「ふたりを時が裂きしより、昼はことなくうちすぎぬ……よろこびもなくかなしまず、はたたれをかもうらむべき……」

彼女は、アカエイのヒレのように広がった、妙なドレスのすそをひらひらさせながら、部屋をななめに横切り、鴨居《かもい》に向かって威嚇《いかく》するように腕を振り上げた。

「されど夕やみくれおちて、星の光のみゆるとき……病《やまい》の床《とこ》の稚児《ちご》のよう、心かすかにうめきいず……わたしはときあってこの詩の意味を真に理解するでしょう。この詩のいたみは生涯、わたしの心から消えないでしょう」

このとき失笑するのを耐える力が、ぼくのぐうたらなからだのどこにひそんでいたか、今もってふしぎだ。

「ヒロシ、こう書いちゃいけない？――ケイ、あなたは自分がいちばん愛する人のところにいなさい。そして、はやく、あたしのことを忘れてほしいの。あたしの並べたてた愛のことば、理性ではあなたがあたしを愛してないと悟りながら、三十女の知性と分別をもちながら、あなたのやさしいことばに、もしや？……と気弱くだまされ、口走ったことばのかずかず、愛の真実はあのとき、あれをいった、あたしの心にしかなかったのよ、早く忘れて……」

「まだあと長いの？」と、つい、ぼくは聞いてしまった。

「バカ！　ここがたいせつなおしまいじゃないの。――さようなら。もうあうこともないでしょう……この手紙をあなたは最後までよむかしら。もいちどいうわ、あなたの耳もとでささやいてあげる。あなたを憎んでない。あなたをゆるす……そうよ、あたし、もう、ケイを憎んでないんだわ……悪いのは、バカなのはあたしだったんだわ。あたしなんか、ほんとうに愛してくれる人もあるはずないわ、愛されたことも、心から信じられたこともない……」

彼女は部屋のまんなかにつっ立ち、どこかしらん服の一部分から、大判のニンジン色のハンケチ（それはこの場に気恥ずかしいほどはでだった）をひっぱり出して、嗚咽《おえつ》しながら涙をふいた。――

「ああ、ヒロシ、あたしは人にバカにされるようにできてんだわ……あたしは人に恥をかかせることができないんだわ、人から恥をかかせられるようにできてるのよ。あたしはもう、クズね、ヒロシ……」

「クズ？」

「そうよ、あたしいつかあんたのこと、クズだっていったけど、あたしこそクズで、バカで、のろまで、人から軽蔑されるようにできてるんだわ。ジョニー・李があんなになるまで、あたしほんとに小金をよくやったわ……だのに、ジョニーはある朝、いったのよ、おれ、もっと瘦《や》せてすらりとした若い子が抱きたいや、笛吹く少年みたいな女の子がねって。それきり、おさらばよ。なんと、笛吹く少年ですってさ――」有以子はにがにがしく笑った。「ケイにだって、どんな悪いことしたのよ、ケイはもっと早くいうべきだったのよ、あたしを愛してないって……党員だって女ぐらいダマせるんだぞ、と……」

彼女はうずくまった。

ぼくはそのとき、にぶい苦痛でもって、人間が生きてゆくには威厳というものが、必要であることを学んだのだと思う。

そして、彼女を抱きおこしたが、胴のやわらかく太ったところが、まるで蛾のように感じられた。

「ああ、ヒロシ、あたしをひとりにしないでちょうだい……こわいのよ、あたしほんとのことというわ。この三、四日、睡眠薬もって歩いたの、でも、やっぱり死ねなかったわ」

「森さん……」

「カバンの底にあるわ。幾箱も幾箱もあるわ、赤や青や黄のほそながい紙箱なのよ……ひとりでいると、それをみんなあけて、のんでしまうわ」彼女はひそやかに泣いた、「あたし、もう生きていたくない……ヒロシ、人は何のために生きてんの？　愛し合うためじゃないの？　血のつながらぬ他人どうしが、それゆえにこそ愛し合うためじゃないの？　え？　そうでなくて、なんで生きてるの？　こんなに人にバカにされるため？　こんなにつらい思いをするため？　え？……」

そして、彼女は、あの陰湿な、いつまでもとぎれない、しのびしのびの、心をかきむしるような泣きかた、あかりを消した部屋ですすり泣く、孤児の泣きかたで泣いた。

ぼくはやはり、心を動かされずにはいられなかった。彼女がこうなったについては、作戦参謀たるぼくの責任にもより、またぼくはやはり彼女を結婚させて安定させてやりたい友情があったのを発見したのであった。にもかかわらず、頭のすみで、彼女は昭和生まれだと称してるが、大正っ子なのではないかという考えがひらめいた。少なくともそう思わせる、クラシックな嗜好《しこう》が彼女にはある。

「ケイに手紙なんか出すなよ」

と、ぼくは台所の冷蔵庫をあけながらいった。

「なぜ？」

「二、三か月おちついてからにしなよ。な、森さん……人間、そういうナマの手紙はかくべきでないぜ」

ぼくは両手にいっぱい卵やハムをかかえて、足でドアをけってしめた。

「あとで考えると、たいてい恥ずかしさに目がくらむもんでね。こんどはそんな手紙をよんだというだけで、きみはケイを憎むし、また一生、ケイに頭上がらへんような気になるさかいな」

「あッ、それこそ、あたしの大きらいな、インテレクチュアル・スノビズムよ！」彼女はかっとして叫んだ。「なにさ、あんたは一生、銀紙のお皿にのっかってセロファンに包まれて、天国へ直通ですべりこみたいの？ 恥ずかしいことや、きまりの悪いことをすんのが、それほどこわいの？ どっからつついてもボロが出ない人間が、それほど偉いんですか？――バカ！ 人生てものは、二、三か月さきには人生でなくなんのよ、いま、この瞬間だけが人間の人生なのよ！」

「そうおこるなよ、森さん」

「スカタンの豚野郎、あんたもあのケイと同じよ、男ってものはみんな、ほんとにこの人生を生きちゃいないのね、えせ人間、張りボテ人形、男のカン詰めばかりなのよ、ガラスの眼玉にプラスチックの手、ただヘリクツこねてうんこするためだけに生きてるんだわ、あたしは違うわよ、あたしは生きてるのよ、あたしが生きてるナマ身の人間だってことが、どうしてケイやあんたにわかってくれないのよ……」

この長い弾劾《だんがい》演説のあいだ、ぼくはトーストを焼き、ベーコンエッグをつくった。それから大きな角盆にのせ、淹《い》れたての紅茶といっしょに彼女の前にもっていった。

「おあがり。朝から食べてないんでしょう」

彼女は毒々しい緋色《ひいろ》のマニキュアをした指で、すなおにうけとったが、はげしくわななないて、紅茶をこぼした。

ぼくは仕事場のラジオをつけた。曲は、また「殺し屋の微笑」だった。ぼくらの共通の友人がディスクジョッキーをかいていた。わりあい才気のある、フレッシュなユーモア、七十点だ、とぼくはいつものくせですぐ採点する。ぱちんとラジオを消してふりむくと、有以子はすっかり平らげていた。

「すこし、元気が出たかい?」

「とてもおいしかったことよ、ありがと、ヒロシ」

と、彼女は花模様の皿を重ね、ぼくがさし出したハンケチでくちびるをふいた。

「それはともかくとしてさ……」

彼女はぼくのすってやったマッチに顔をよせ、しみじみといった。

「あんた、あたしを軽蔑してるでしょうねえ……」

このことばは、やっと彼女がおちついたことを示すものだった。なぜなら、発想が客観的になっていたからだ。

「いや。しかし、悪いことはいえへんさかい、もうええかげんに男遊びはやめたらどうやのん？」

「ああ、ヒロシ……あんたみたいな若い子にはわかりっこなくてよ」

と、彼女は煙の行くえをみつめながら、くちびるを0の字なりにあけ、ぼんやりした調子でいった。

「青春というものはお金といっしょよ。残り少なくなると、むやみやたらと使いたくなるものよ……」

そして、彼女は無遠慮にぼくの手首をにぎったが、それは時間をみるためだった。

「何時？」

「十二時」

「昼の？」と、彼女はトンチンカンをいった。

「バカ、夜のだよ——そこへ寝てもいいよ」

「あんたは？」

「うん、ぼくは仕事する。どうせ朝まで書いてるから……交替で寝よう」

「あんた、親切ね、ヒロシ……あたし、こんなにバカな女なのに……」

「何がいいたいの？」

「いいえ、……あたし、いやらしさのない優しさをはじめて知ったと思うのよ。あたし、あんたをともだちに持ってるってこと、とてもうれしいわ」

「どうかね。あとで宿泊代の請求書、まわすぞ」

「どうぞどうぞ……」有以子は笑った、それはぼくの好きなエビス顔で、とてもかわいかった、

「うんと高くしていいわ……」ともかく、やっと彼女を笑わせた。

オヤスミ、とぼくはいったが、有以子は、れいのブルーと白のだんだら縞のカーテンを引こうとしなかった。

「あッ、とてもねられそうもないわ、ヒロシ……神経が冴《さ》えきるばかりよ……」

彼女はどしんどしんとふとんの上ですわったままとびはねて、くるりと向きを変えたりした。

「松ちゃんよりうまいわ」

そして、ハッハッハッ！と笑った。漫才芝居の笑福亭《しょうふくてい》松之助《まつのすけ》のまねだ。

「ヒロシ……ここへ来て、話相手になってよ」

「仕事、仕事。商売のじゃませんといてほし」

彼女は立ち上がって、寒くなったのか、押し入れから、ぼくの濃い紅色のセーターをひっぱり出し、背中へひっかけて、あちこち物色してあるいているらしい。ぼくがせっせと書いている背後で、有以子は放送屋の口ずさむハヤリ歌をうたっていた、

「かわいい役者サンにゃ金がない、いきなプロデューサーにゃヒマがない……ア、なっちょらん、なっちょらん……」

それから、しばらく静かになったと思うと、急にとんきょうな声で叫んだ。

「あら、ヒロシ、あんた、なぜ日記にカギかけてんの？」

「カギをかけてるって、なぜわかったの？」

そのつもりではなかったが、ぼくの口調は皮肉にきこえたらしかった。彼女はむっとして、「殺し屋の微笑」を口ずさみはじめた。――彼女の異常なはしゃぎかたには、なにか人の心を打つあわれなものがある――おそらく、自分でもどのくらい破れたか、はかり知れぬ心の傷のために。

ぼくは彼女の原稿に手を入れてやり、それを見せた。

「まあ、あんたって親切ね……」

彼女はぼくにあふれるような、あけっぴろげなまなざしを投げた。

「ほんとに、あんたっていい人ね！」

それからしぼらく黙り、ふいに、なんだか気高い微笑を浮かべた、

「あんた、なぜそうやさしいの？……いいえ、あたし、今ちょっとインスピレーションわいたんだけど……あたしたち、ずいぶん今まで仲よくしてきたわねえ」

「まあね」

ぼくは用心して、駒をすすめなかった。

「で、つまりよ……」有以子はじれったそうにいった。「トンマなヒロシ、仲がよければ、どうして結婚しちゃっていけない法があるの？　そうだ、そうだ、結婚しちゃいましょうよ！」

と叫んで、笑いだした。

「だれが、だれと」と、ぼくはいった。

「あんたとあたしよ、もちろん」有以子は勢いこんだ。

「ごめんやね」

ぼくは手をのばしてタバコに火をつけた。

「願い下げだよ」

有以子はぴしゃりとなぐられたようにちぢかんだ。その水っぽい出目は、驚愕《きょうがく》してくるくるしていた。

「じゃ、なぜ、あんたはあたしに、いろいろ優しくすんの?」と叫んだ。

「しかし、男が女の人にやさしくするのはあたりまえじゃないですか?」

ぼくはケイの口調をまねていった。有以子のちっぽけな脳みそが混乱して四分五裂になっているさまが想像できた。

「じゃ、あんた、一生、結婚しないつもり?……つまり、あたしでなくても、ほかの女ともよ」

「できればそうしたい。女房なんて持ち重りする」

「まあ。男として独身を通すなんて見上げた心情よ、そりゃ……ヒロシ」

と、有以子はやっと一つの結論に達したように、ぱっと顔を輝かせた、

「そうね、あたしケイにまだ影響されてたわ、結婚なんて愚劣な制度だわ」彼女はやけっぱちみたいな調子で、思いっきり、鼻を平たくしてげらげら笑いだした。なんだかひどく醜い顔だった、「じゃ、ヒロシ、あんたあたしを買ってよ、あたしあんたと連帯感もちたいのよ。ひと晩でいいわよ……ねえ、安くていいわ」

「そいつも困るんだなあ」ぼくは微笑した。

「ぼくはだれとでも寝る安モノには手をつけない主義でねえ……」

しかし、ぼくはできるだけあいきょうよく、ひょうきんにいったつもりだ、「それに、

きみにはこわいヒモがついてるかもしれんし、あるいはとんでもない病気をもってるかもしれん――」

「げすの悪党！」

「きみはあんがい口のわるい淑女やな。ぼくもきみも文化人やから、文化的でないといかんぞ」

するど、有以子はものもいわず机の上のペン皿をぼくに投げつけた。

「だいきらい！」

彼女は怒りが胸もとへつまって沈黙した。くちびるをゆがめ、憎悪にはちきれそうな目でぼくをねめつけた。

「バカ！……」

また沈黙。――ぼくはそれで、彼女の怒りがいかに根深く、彼女の心の深奥部にぼくの心ない冗談のトゲが、どんなにむざんに突き刺さったか、わかったのだった。

「あんたケイより下等よ……下等な冷血動物……恥をかいたり、いたでをうけたりするのがこわいだけなのよ！　だから、いつでも遠くからニヤニヤして見てんのよ、こわいのよ、こわがりなんだわ、それだけの理由で、あたしをあざ笑うんだわ、あんたあたしをバカにしてんでしょ、心の底でせせら笑ってるから優しそうにするんだわ、ジョニーがいつかいった、飢えたウサギってほんとそっくりだ、あははははは！　あんたそれを突かれるのがいやさに、何も手を出さないんだわ……」

ぼくは彼女の間隔のとびはなれた、茶色のひとみにあらわれたり消えたりする嘲弄《ちょうろう》の色、それ以上に彼女の（または彼女に代表される）ワケ知りらしい安インテリの知ったかぶり、安才女の鼻もちならぬ俗っぽさに（今に始まったことではないが）むかっとした。

あはははははは……有以子は顔の道具だてを一つ一つばらばらにほぐして、のっぺらぼうにみえるまで、間のびした嘲笑をくりかえした。涙とはなによごれた顔は、まるで白痴みたいでいやらしかった、大きすぎる乳ぶさがゆさゆさしているのも、ずり落ちそうでいやらしかった。袋のようなズロースに包まれているにちがいない、巨大な大腿のイメージも、フカの腹の白さを思わせていやらしかった。あははははは……。

ぼくはふりむきざま、有以子のほおげたをぐわんとなぐりつけた、彼女は悲鳴をあげて窓ぎわへすっとばされ、真新しい死体のようにぐにゃりとなったまま、ヒーヒーといっていた、

「おう……」

なんだかケモノじみた声をあげて彼女は畳へツバを吐いた。頬のうら側が破れたのか、血のまじった唾《つば》は、きたならしくあごへたれた。

「ぼくだって、女ぐらいなぐれるぞ……」

と、ぼくはいった。それから、自分のこぶしがヒリヒリするのと息切れが残っているのとで、かなりな一撃だったことを知った。

6

ながいこと、有以子はだんだらじまのカーテンのかげで息をひそめていた。それから、何かごそごそやりだしたので、ぼくははっとした。赤や青や黄のほそ長い紙箱を一つ一つ、たんねんにあけている想像が、ぼくの頭の中から執拗《しつよう》にひかぬのだった。と、彼女が台所につづくドアをあけた。激しい水音。一瞬とまって、またカーテンのうしろへはいったけはい。ぼくは、ぼくを苦しめる想像にか、あるいは有以子自身にか、むやみと腹がたった。かっとして、カーテンをひきちぎるほど絞って、とびこんだ。

「おい、森さんよ！……」

——いやはやまあ……

あっぱれなド根性。

彼女はふとんの上に横すわりになり、ぼくの整理箱を横倒しにして、原稿を書いていた。

彼女の左頬はおたふくかぜのようにはれ上がり、目には隈ができていたが、のんびりした表情、いつもの、目と目の間のとび離れた童画的な顔つきをとりもどしていた。

「あら、どうしたの？　ヒロシ」と、ふだんの声でいった。彼女は周囲に原稿用紙をいっぱい散らかしており、ぼくを見あげて笑った、それはなにか、さげすむような笑いだった。ペンをおいて、「あんた……あたしと寝たいの？」といった。

するとぼくの心の中に、そのとき、若い神が長い眠りからさめてみずみずしい目をみひらいたように、あたらしいまっしろなページがぱっとめくられた。まさしくそうにちがいないように思われ、急いでほかをめくってみたら、こんどはもとのところがわからなくなった感じだった。彼女は小バカにしたような、からかうような美しい微笑をみせつつ、うなずきつつ、流し目でみやりつつ、

「寝たいんでしょ？」

といった。ぼくはだまって目をそらせていた。有以子は執拗だった。

「寝たくない？　ねえ、ヒロシったら」

「……寝たい」

と、ぼくはバカみたいに棒読みで復唱した。それからぎごちなく、彼女のからだに手を出した。

「あらまあ……」と、彼女は笑いだした、「ちょっと待って、もう一枚書くから……男なんて」彼女は満足そうなしたり顔だった、「ほんとに」彼女はビリビリと原稿を一枚はねのけた、「待てしばしがないのねえ……ラ、ララン、ララ……」（注。「殺し屋の微笑」のメロディ）と口ずさんで、うきうきした、赤らんだ顔を左右に動かした。

ぼくは、彼女のくちびるにキスした、ほんの一秒。それはぶ器用な、あらあらしい、追いつめられてスタジオの一隅で台本に筆を入れてるような、キナ臭い緊迫したあのいやなあせり、いらいらした陰気な時間、どうかしてその瞬間を回避したいとねがいながら、強引にその前へ鼻づらをおしつけられる、神々の悪意を感ずる、あの悪夢の一瞬。――そんな時間だった。くちびるがはなれると、ぼくも彼女もびっくりしていた。

「どう、よかったでしょう」

と、ぼくは求職者が職安のベンチから名まえをよばれていそいそと立ち上がるような、うれしげなほほえみを浮かべたつもりだった。しかし、その心にもない微笑は、頬に凍りついてしまった。有以子はぼくより正直だった。（それがおそらく彼女に不幸をもたらした美徳の一つにちがいなかったが）

「あのね」

彼女は悲しげにためらった。

「ケイのときほどじゃないの、ヒロシ、かんにんしてね……どうしてだか……その、かっかとなってこないの、冷静なの、とても冷静なの」

彼女には早熟な女学生か、もしくは自分でもしらずしらずのうちに、あどけない口調を採用している、ヒネた老嬢のようなカマトト趣味があった。

「だめ、あたしたち、愛してないのよ、これはごまかしにすぎないんだわ。ヒロシなんか愛してないし、あんたもあたしを軽蔑してるんでしょ」

この早暁の、いたましい蛍光灯のもとで聞くけいべつということばは、ぼくには新鮮にひびいた。それは真実であるからだった。

「こんなことうそ。邪道だわ……ああ、あたしたち、アレしないでおきましょう、ヒロシ。さもないと、傷を埋めようと思って、よけい深くするだけだわ――今になるとわかるのよ、あたしがどれだけケイを愛していたか……」

しかし、ぼくは彼女の服のボタンをはずし、なんだかぼくには名前もわからない、虹色《にじいろ》のぴらぴらした複雑な、いろんな部分をおおう下着――まるで風の日にとんできたごみくずをかたっぱしからくっつけたような――を除きにかかっていた。ぼくは自分の眼窩《がんか》に、目玉の代わりに金属製の丸いネームプレートでも打ちこまれたようにかんじた。

「いやだわ、ヒロシ……」

彼女は笑《え》みくずれてエビス顔になった。そして、ぼくのするままに任せていて、太った白い裸体をむき出しにされると、こんどは自分からすりよって、のぼせた忍び笑いをもらしながら、ぼくのシャツをくねくねした手つきでもってぬがせはじめた。

それからの二十分間は、軽い叫びや、甘い叱責《しっせき》や、みじかい嘆願や、秘密めかしいくすくす笑いにいろどられて、とてもたのしくすぎた。

寝具からはだかでとび出した有以子は、台所でウイスキーをほんのすこし、グラスについでまるで薬のように一気にあおった。それから、酒びんをはだかのわきにかかえ、またぼくの横へもぐりこんできた。ぼんやりしてラッパのみしていた。ぼくは安タバコを吸っていたが、舌が荒れていがらっぽかった。

「ヒロシ……」と、有以子は深いところから声がでてくるような、奥歯でしがむような、ぼんやりしたいいかたで、

「ケイはなぜ、あたしにうそをついたの?」

といったので、何を考えていたかがわかった。

「ヒロシ、カクメイって、カクメイができ上がるまでは、ずいぶん人を傷つけるもんね……」

彼女のことばはめちゃくちゃに乱れていた、

「ヒロシ、いって……なぜケイはあたしをほんの少しでも愛さなかったの?……あんたもよ、あんたちょっぴりでもあたしを愛してくれたら、うまくいくかもわからないのに……こんどこそ、うまくいくかもわかんないのに……」

ああ、この女は、まちがったドアをあけてはいってくる、そそっかしい宿なしみたいだと、ぼくは思う。悪意ある部屋の住人たちが、彼女の魂をフットボールのようにほんろうするのは無理もないと、ぼくは思う。(こんどこそ、こんどこそと思うのが意地きたない証拠だよ)と、ぼくは教えてやろう。(こんどこそ、と思うのが人の命とりなのだ)でも、ぼくは何もいわなかった。そして、ありありと彼女の行く末を思い描いていた、何か一ついえば人から笑われ、オモチャにされ、しまいに不幸に落魄《らくはく》してうろつきまわり、頭には血がのぼせてもはや何も考えられず、胸にはにがい自己憐愍の塩をいっぱいつめこまれて不幸にうちひしがれて泣いている、こまっちゃくれた紙の舞台の、よわよわしい照明にあてられたうらがなしいあやつり人形。

「ヒロシ、あんたのまつげは、男のくせに長いわね。あんたの瞳も眉も鼻も好きよ、きれいだわ。唇だって目立たないわ。美男子よ。だからいつかあんたを好きになる女の子が現われるわよ。だって、あたし、あんたを好きになる女の子の気持ち、わかりそうな気がするのですもの……でも、あたしを好いてくれる男はいそうにないわ」

彼女はきれぎれにいった。もう泣いてはいなかったけれど、ひどくあえいだあまり、涙も出てこないというさまだった。

「きみがなぜ人にバカにされるかいったげようか？　なぜ人に恥をかかされる側にばかり回る女か」

ぼくはあたらしいタバコに火をつけた。

「それはねえ……」

彼女はじっと寝具に顔を伏せて、ぼくのことばを待っていた。

「……太りすぎてるからや……」

「バカ、ヒロシのバカ、じゃ、もうあたしにさわらないでちょうだい、遠くからあたしを笑ってちょうだい。皆がそうしてるように……」

彼女はふいにふとんから顔を出して、アカンベエ！　をするように笑った、笑うと酔ってるのがわかった。彼女の口もとはしまりなく、目は金箔《きんぱく》を張ったようにきらきらと光った。それからまた、波間にもぐる、動作のにぶい大魚のように白い背を波打ってふとんの下へうねり、せっかちな汗ばんだ手はひらひらして、シーツのあちこちをひっかきながら、ぼくのからだをもとめてきた。

# 7

このはじまりが有以子の電話ではじまったように、ぼくらのたった一日の同棲《どうせい》はまた、電話で終わることになる。——その翌日の夕がた、有以子は近所のマーケットで野菜とくだものを買ってきた。それからぼくの水筒やバスケットを棚の上からさがし出し、あした、小さい旅行を（あるくための）試みようというのだ。どこへ？　有以子はぼくの机の上のがらくたに興味をもっていた。安物の、素焼きの、ニセモノの埴輪……。

「あッ、ヒロシ、古代のお墓のあるようなところへいきましょう、もしかしたら、土を掘れば縄文《じょうもん》式土器や、ケモノの骨が出てくるかもわからないわ……」

たちまちぼくは、古代都市のあとにたてられた神殿の美しい森林や、神話と右翼のビラをあわせもったさびれたK市、古墳や考古館、発掘品なんかの思い出に感傷的にとりまかれ、情熱をこめながら有以子に話した。有以子は歴史にはくらかったが、土葬には興味をもっている。（それもよし）ぼくらは見にいこう。古代人の土葬のあとを。玉髄《ぎょくずい》や珊瑚《さんご》でつくった耳輪や釧《くしろ》の副葬品。さびた矢じり、赤土の守護神。それに、使用法のわからない楽器や祭祀具《さいしぐ》。晦渋《かいじゅう》で難解な、長たらしい古代の王たちの系譜。舟型の石棺もみよう、ぼくらにとって不思議な、わけのわからないものが考古館にはいっぱいある……かと思うと、足をのばすと古代首都のN市の近郊にはいろんな寺があるし、金を払えばすばらしい秘仏も見せてくれる。かわいた、軽い、燃えやすい高価なあの骨董品《こっとうひん》たち。猜疑《さいぎ》の目を光らせながら番をしている黒衣の僧たちに守られて半眼を閉じていた仏。仏像のコンモリした厚めの鼻の下には、高雅な淫靡《いんび》とでもいうべき、美しいひげが細緻《さいち》にうずを巻いて左右へ流れていた、あれはどの寺のホトケであったか？　そうかと思うと、目のさめるような法隆寺の印象。なんとなく売約済みの札がはられた、こぎれいな陳列された細工物といった印象――あざやかな、生鮭《なまざけ》いろに塗られた回廊やれんじ窓が、祭日の少女の晴れ着の袖《そで》口《ぐち》みたいに、ひしめき重なって並んでいた――あの印象。

とうとう、ぼくらは熱中のあまり、左目にものもらいができて腐っている、ある友人のクーペを借りて阪奈《はんな》道路から越えようという計画をたてた、なぜなら、あの道路を蛇行《だこう》してのぼりつめると、オオサカの町がひとめで見おろせる……それはなんとなく一種のきらめき、もしくはときめきとしかいいようのない、かいまみた大都会の寝みだれ姿であって、川や淡水湖の光る水面を、いたるところにちりばめつつ、有毒ガスのような静けさでもって、海ぎわまで放恣《ほうし》に流れゆき、ながながと横たわり、あでやかに瞑目《めいもく》していた。夕ぐれ、とりとめもない大空の下にひろがった大都会は心をそそられる印象だった。ぼくはあのときの感動をおぼえていた。ぼくらは夢中になった。

ぼくらは有以子の手料理の(わりかしうまい)クリームスープを飲んでいた、そのとき電話がかかった。R放送だった。ぼくはたちまち、「脱線夫人」や「チョカ助の無茶修行」の世界へ呼びもどされた。

電話を切ると、ぼくはすぐ、山のように脱ぎすてたぼくらの衣類の中から、ズボンをさがし出してはいた。

「R放送?」と、彼女はいった。

「うん、ぼろくち、ぼろくち……ぼくは出るけど、いるんならカギを置いてく」

「いいえ、あたしもかえるわ。もう、すんだんですもの……何もかも。一巻の終わり。パーよ」

と、彼女は指をひろげてむなしく目にみえぬものをすくうような動作をしたが、それはへんにリアリティを伴うしぐさだった。彼女はぼくの手を止めさせ、はげしくいった、

「旅行は延期ね? ヒロシ」

「無期延期」

と、ぼくはいった、

「ああ……わかっててよ、そんなこと」

彼女はけなげにほほえもうとつとめていた。

「あたしはほんとうに旅行に出たことはいちどもなかったわ、いつも出かけてはダメになったのよ、出発することはありえないんだわ」

彼女はこれが最後のように、はげしく泣きだした。

「ああ、ヒロシ……あたしたち、アレしましょう、はやく……でないと、あんたまでがあたしを軽蔑するんだと思うわ」

そこでぼくはもういちど彼女を抱かずにはいられなかった、こんなときにどうして最後の打ちあげ花火なしに、ぬすっとのような愛を飾ることができよう。ぼくらはおたがいにあんまりしゃべらず、おたがいに、（あんたもスキだなあ）と心の中で相手をあきれながら、ひどくいそがしそうに、さも手順をこころえた手つきで、悲しい宗教的秘儀のようにすませ、それでもおたがいにからだをはなすと、にっこりし合ったけれど、骨をかむ寂しさをかくすのに苦労した。

ぼくらは家のカギをかけ、それを牛乳箱へおとして、杉苔《すぎごけ》のはえた中庭から、檜葉の生けがきのつづく通りへ出た。有以子のストッキングの線がいつものくせでねじれていたが、手間どるのをおそれ、ぼくは教えなかった。

電車が梅田へすべりこむころは、梅田もネオンでふちどられてすっかり夜だった、やれやれオオサカだ、オオサカの夜……けっきょくぼくは、あの季節も時間もない、人工照明の、さかなのはらわたの中にいるような虚空に宙づりになった、あの十一階の空中食堂、スタジオのマイクやカメラのぐにゃぐにゃしたコード、そいつをまたいでゆくハイヒールやズボンたちから、のがれだすチャンスもその気もないことは知っていた！　そう思っていたのだ。

ぼくはRビルへ、有以子はQテレビへ金亀焼酎アワーの原稿をもってゆくという。ぼくらは駅から吐き出される。たちまち目のまえにひろがる明るいまばゆい光と色の洪水、おまけにやたらと多い信号。いたるところで緑にまにあわず、あるいは早すぎ、鼻っ先をせかれたわれわれの前を、どっと左右からくり出す車の波のうねりをしんぼう強く見ている。シグナルがかわるとたんにつんのめり、まだひとつふたつこぼれている車を器用によけながら、交差点をつっ切り、ぴったり盛り場についてあるく。すこしずつ、ぼくの体内に、このよそよそしい大都会の顔のくまどり、赤や紫の光った字や、浮遊するイルミネーションのアドバルーンや明滅するネオンのもつ充溢感《じゅういつかん》が脈打ちはじめ、それは大海の水面に漂流している根のない海草類のようなぼくを、きわまりない蠱惑《こわく》の海底のくらい部分へひき入れようとする。波濤《はとう》のようにうねってきては夜空に吸われてゆく、暗い圧力をもったすさまじい大都会の呻吟《しんぎん》。腸閉塞《ちょうへいそく》のように人や車がいっぱいつまった、猥雑《わいざつ》な道路。

有以子の道は東へ折れる。梅田新道でぼくは西へまがる。かどのバスストップまでくると、彼女はふいに、あらたまった、という口調でぼくの腕にそっと触れながらいった。

「ねえ、ヒロシ……愛ってなんなの？　愛って――ほんとにある、と思う？……あたしたち、人生のほんのささやかな部分、セクシュアルな欲望や、美貌《びぼう》の嗜好や、共通の関心や、階級的利害や同類意識をもつこと、老後の打算なんかのことを、愛と錯覚していたのではないかしら……あッ、それとも、愛とはもともとそんなものかしら？　それとも、ほんとうの愛はそんなのじゃないけれど、現代ではそんなものが、愛の王座をうばって取って代わったのかしら？……でも、ヒロシ、おこらないでちょうだい、あたしあんたと寝たとき、ケイのときみたいにうれしくはなかったのよ、そうするとつまり、あれは、あのケイとのことは、やっぱりあたしの愛だったのかしら。あれこそホンモノの愛だったのかしら……それをどうしてケイはわかってくれなかったのかしら、それに、こういうことと、ケイがいつもいってた民衆への愛とはべつものなのかしら、ひとりの人間の愛にさえ気づかない人が、たくさんの人間をあいせるのかしら、でも、あんたはなぜ、あたしをあいしてくれないのかしら……」

彼女はすこし沈黙した。その沈黙はいたましかった。

「たぶん、みんな、あたしがまちがってるのねえ……あたしはバカだから。これだけはたぶん、まちがいないことだわねえ。あたし、何をいってるのか、もう何もかも頭がこんぐらがってわかんないのよ……」

ぼくは返事できなかった。彼女のいうことは皆、ほんとうだった。ぼくらはもう二度とあんな機会は持たぬだろうし、ケイも永遠に彼女から去ったのだった。

「ああ、ヒロシ、あたしほんとにケイが好きだったのよ」

「ケイを責めたってしかたないよ。おそらく、〝党員必携〟を読みすぎたんや」

ぼくは彼女の頬に手をふれた。

「まだ痛いかい？」

と、ぼくはいった。彼女のことばへの返事はもたなかったとはいえ、彼女の傷心への共感が、ぼくに優しみを持たせたのだった。

「いいえ、あたしこそごめんなさい、悪いことといって。おこってないといって」

「おこってない」と、ぼくはいった。

「ありがと。あんた、ちょっと見たら全然わからないわ。光線のかげんで、ときどき裂け目が荒々しい悲しみみたいにみえるけど、でも、上手に手術できてるわ。それに、そんなこと、男にとってなんにも価値をそこなうもんじゃないわ……じゃ」と、彼女はマニキュアのはげた手をさし出した。

「さよなら」

彼女はモチモチした尻を振って歩いていき、ぼくもきびすを返した。ケイと有以子、有以子とぼくのセンチメンタルな旅行はそれぞれ終わったのであった。いつか、ぼくらがほんとうに旅に出ることがあるだろうか？　ほんとうの旅は、なにかもっと……ケイの使う「べき」のうえに、まだもっとうえに君臨しているものへの出発、そしてその愛の王国への旅程は、こんなふうにむなしくもとの地点へ、ふたたび帰ってくることは、けっして、ない。

エッセイ

## 神戸

類をもってあつまるというのか、類は友を呼ぶというのか、私の相棒も、気軽な町暮しを好むほうだったので、仕事場兼住居は、神戸の下町にあった。湊川《みなとがわ》神社をさらに西へいき、ちょっと北へあがった通りで、神戸大医学部の大病院が近くにあるのに、このへん、医院が多い。それは人口の稠密度《ちゆうみつど》がたかいことで、小家が多いのである。

家の前をずっとサガると（神戸は南の浜側へ向いてゆくことをサガるといい、北の山側へ向くのをアガるという。また、ウエ・シタとも表現する。「楠公《なんこう》さん〈楠正成《くすのきまさしげ》〉のウエに住んでます」というのは、湊川神社の二階に間借りしていることではなくて、神社の北側に家があることだ）、もとの赤線の福原《ふくはら》のメーンストリート、柳筋《やなぎすじ》である。

さらに、その近くいったいに、大きい湊川市場があって、これも闇市が定着したものだが、ここも甚《はなは》だ盛んな市場で、およそ、売ってないものはない、といわれる。誰だったか、素人芝居で使うので「キマタ」を買いにいったら、ちゃんとあった、といっていた。

私は、ほんとは神戸で住む気などなかったのだ。

大阪っ子だから、いま尼崎に住んでいてもいつかは大阪へ帰ると、漠然と信じていたのだ。人間の運命というのは、全く一寸先もわからないものである。アマ（尼崎）から大阪へ帰るどころか、かえって西へ流れて神戸へ来てしまった。結婚した当初も、私はまだ神戸に抵抗があって、尼崎に住みつづけ、別居結婚をしていたが、とうとうめんどくさくなって神戸へやってきた。別居結婚というのは仕事を持っている女には便利なのだが、男の方は手数がかかってわずらわしいらしい。打ち合せも連絡も電話でするのだが、仕事がいそがしいと電話すらかけていられない。ジーコンジーコンとダイヤルをまわす時間も待ち切れないので、ながいこと電話もせずに抛ったらかし、一週間ぐらいすぐたつのであった。

いろいろ不都合だというので、とうとう神戸で同居したが、私はまるで都落ちのような気がし、さらわれてきたお姫さまの気分でいたものだ。

神戸というと港や異人館や元町《もとまち》、ハイカラでモダンなところと想像していたのに、下町にはそんな匂いも気配もなく、祇園さんの夏祭りには男たちはチヂミのシャツにステテコで参ったりしている。向いの銭湯からパジャマ姿で出てくるオジサンもいたりして、異人館も港のエキゾチシズムも、どこの話かいなと思わせるのであった。

つまり神戸の基盤は、こういうところにあるのだ。ざっくばらんな庶民文化が根にあって、それが神戸の風通しのいい気風をつくり、異人館もモダンも、その上に咲いた花、あるいはケーキの上にのせられている、クリームやらサクランボの飾り、といったものなのだ。

神戸は新興の庶民都市なのである。そのぶん、キメあらく、豪快なところがあり、フロンティア精神に富んでいる。うわべだけのハイカラ都市ではないのだ。

神戸でハイカラに優雅に暮らす、という夢は破れたが、しかし私が拉致《らっち》されてきた下町は、充分面白くて、わりあい順応力のある私は、たちまち馴染むことができた。

新開地・湊川というあたりは、神戸庶民文化の一大拠点である。そのころは、神戸の新開地というと、大阪から来る人などは怖気《おぞけ》をふるい、

「そんな怖いトコで飲めまへん」

といったりしていた。昭和四十年代のはじめで、赤線が閉鎖されて七、八年、福原はさびれ、新開地もそれに心中立てして火が消えたようになっており、暴力団がはびこって暗いイメージであったから、そういわれるのもむりはなかった。地元の人は、「怖いことなんかちっともない」と力説していたが。

私が住むようになった前後の時期から、すこしずつ景気がよくなり、にぎやかになって

きて、三宮《さんのみや》や元町に吸い取られる客をよび戻そうと、振興策がいろいろ講じられていた。いま湊川はショッピングデパートができて、センスのいい商店街がつづき、若い女の子の買物客があふれて見ちがえるようになっているが、しかし気楽な町の雰囲気はそのままである。

そのころはまだ、寄席の神戸松竹座も、映画の聚楽館《しゆうらくかん》もあった。戦前の黄金時代の新開地は軒なみ映画館や食べもの屋があり、イルミネーションが輝き、一年中、人波打ってごったがえしていたということであるが、私が来たころは聚楽館だけである。すでに聚楽館も斜陽で何となく電気が暗い感じだったが、私には新開地の通りは物なつかしくて好ましかった。

新開地は市電通りを挟んでウエとシタに分れているが、シタのほうが庶民的体臭は強いようで、通りをずんずんさがってガスビルの近くまでいくと、オシッコ臭くなり、町は暗く、男たちが三々五々たむろしていて、なにさま、不気味なときがあった。そういう町を、むろん私は一人で歩いたわけではないのであって、相棒が連れ歩いてくれるのである。家から歩いていけるが、タクシーでも五分ぐらいなので、夜はちょいちょい、

「新開地で飲もか」

ということになった。新開地で飲んでるのは男ばかりであった。女がはいれないように

できていた（だからさびれたのだ、ということもできる。これから将来はますますそうなると思う。女がひとりで飲みたくなるときが多くなってくる――それは、女が仕事を持つ持たぬにかぎらず、女のストレスが増大したためである。現代の商売でいちばん大きな穴場は、女たちの需要や欲求に応ずることなのに、そこに気がつく人はあんがい少ない。利にさとい賢い男たちもたくさんいるはずなのに、出おくれているのは、彼らは女性パワーの方向に鈍感で、女性問題を研究していないからである）。

ことのついでに、金もうけがしたくて、ノドから手が出るほど金がほしいという人のために、示唆しておくと、これからの金もうけは女性をよろこばせないと成立しないんじゃないか。目はしの利く、というだけではやっていけない。女の心理なり生態なり欲求なりに深く通じていないと、あたらしい商売を思いついて、あてる、なんてことはできない。

これはニッポン男児にはとてもむつかしい。

伝統的にニッポン男児は、女性への理解力が乏しい。女を女として見ない。女は二種類しかないと思っている男が多い。

つまり、母親か、しからずんば、単なる性的対象である。

妻という存在があることすら思いも及ばずに、一生をすごして死んでゆく男が多い。

これは妻を、母親代用にしているのである。

この傾向はよくなるどころか、ますます現代の若い男性は「アマエタ」になって、お袋にかわいがられて育ち、かゆい所に手がとどくように世話されて、長じて結婚するときも妻にそれを求める。図体の大きい「アマエタ」で、妻とお袋はちがうのだという最低の女性認識さえできない。無視された妻は腹いせに息子をかわいがり、かくて、果しもなく悪循環はつづく。

このニッポンにあるのは、男と女のオトナの世界ではなく、お袋と息子の親子の世界がすべての心情を支配している。いやらしい国である。

男と女が対立し、いがみ合い、仲直りし、理解し合うという、オトナの基盤がないと、真の自由も幸福もない。性の本当の喜びも解放もありはしない。

女は無視され、バカにされつづけてきたから、じーっと男を観察する余裕があったが、男は男同士たたかうものと思いこんで、女に対する防御《ぼうぎょ》を怠っていた。いま、その報復がじわじわと男たちに加えられつつあるのであって、中年男の正義の味方を標榜《ひょうぼう》する私としては、まことにお気の毒に堪えないのであるが、これは長年、蓄積されたシワヨセが、たまりたまったツケとなってまわってきたのであるから、こんな時代に生まれ合せた身の不運を呪《のろ》うほか、ない。

女性のめざめ、復権は世界的規模の波となってニッポンをも洗っているのであるから、今後、この傾向はもう、あともどりすることは決してない。

会社でライバルと丁々発止《ちょうちょうはっし》とやり合って、クタクタに疲労困憊《こんぱい》して家へ帰ると、妻は妻で「アナタ、こんな結婚生活、無意味だと思わない？ 別れましょうよ」などと切り出すし、進退きわまるという男たちがふえるのではないかと思う、そういうとき男性女性を問わず、妻がワルイ、と評論なさる向きが多いが、これからはそれではやっていけない。妻は妻でせっぱつまっているのだから、どなりたいのをこらえ、じっくりと話し合って和解の接点をみつけるか、ご破算にするか、真剣に「妻という女」と対決しないといけない。それだけのエネルギーを「女」にそそげるようでないと、とてものことに女あいての商売なんか開発できない。

なんで女性評論に話が及んだかというと、これからの盛り場、それから町自体、活気を呼ぼうとすると、女性パワーを無視してはありえないと思うからである。それも女の行動半径が拡がっているので、いままでのようにファッション方面だけでは追っつかない。働く女の子がふえたので、女だけのパブであるとか、女の子もふらりと入って飲めるスタンドとか、コップ酒におでんという大衆酒場がなくてはいけない。男に連れられてくる女だけではなく、これからは女同士でもくるし、女の上司が男の部下を連れてくるということもある。

女が働いているとストレスもたまるから、一人で小料理屋で飲み、ついでにお茶漬けなど食べて帰りたいときもあろうし、元気のいいときなら、常連の顔見知りの客がいる馴染みのスナックで、歌を歌ったり乾盃したり、したい夜もあるだろう。

つまり、男たちとそっくり同じことを女がやるようになっている。

結婚なんて、いまの時代状況ではほんとうに女が幸せになれるかどうか、大きい疑問だし、子供などというものは、はたしてつくっていいかわるいか、となると、これまた悲観的である。

私は日本の社会のいろんな不都合は、かなりの部分、人口問題に負うところが大きいと思うので、やたら子供を生むのに不賛成なのだが、いまはそう考える若い女の子もふえている。そうして自分一個の人生を、女としての性を充実して生きるだけでなく、「普通の人々」として、生きたいと思う女たちが多い。家庭の中にとじこめられていては、妻と母の部分しか充実されない。

「それでええやないか、どこが不足やねん」

とのたまう男性方は多いであろうが、そして女の側にもかなりの数、そういう人が多いであろうが、それはちょうど先進国が発展途上国に向って、

「なんでむやみに工業立国を推進しますねん。のんびり牛飼《こ》うたり畑をたがやして、貧しくても心ゆたかにたのしく暮らす、いまの生活がよろしやおまへんか」

というのと同じである。めざめた発展途上国は自分のおかれている位置を思うと、のんびりしていられないのである。

ともかく、うごき出した女たちに対して、社会は後手後手とまわっている。いま、婦人雑誌にどんな特集があるか知っていますか？

「女が一人で入れる飲み屋、ここなら安心」などというガイドがあるほどである。女がたのしめる機会や場所を研究提供したら、もっといろいろ新商売はできるはず、町が発展するはず。ただし、ホストクラブなどは、私はダメだと思っている。あれはケチな男性的発想の産物であるから、働く女たちをひきつける、いきいきした魅力に乏しい。

それでいえば、神戸というまちはこののちともいよいよユニークな発展をするのではないかと思うのは、神戸には働く女が気炎をあげたり楽しんだりするところが多いのだ。あれはふしぎである。新興都市の血の熱さだろうか。

現今の神戸はポートピアで躁《そう》状態であるから猫も杓子《しやくし》も浮かれているが、だいたいこの町では女性的発想が多くて、女の発言権が強いように思う。そのへんが大阪の古さとはちがうし、京都の因襲の強さともちがう。

遊び好きパーティー好き、新しもの好き、好奇心満々、とくれば、これこそ女性の本来の体質にぴったり一致しているではないか。神戸はファッション都市宣言をしていて、いまに日本どころか世界のモードは神戸がリードするという壮大な夢をもっている。

また人口一人当りの喫茶店数は日本一、という統計があるそうであるが、おしゃべりして一服するのが好き、という、これまたオンナオンナした町であり、いかにも女たちの喝采を博しそうな色合にみちている。新井満さんは「日本のウエストコーストや」といわれたが、閉塞状況の日本の中で、神戸だけはフタがとんでしまい、底が抜けたような解放感を与えらえる。それは、女がノビノビと生きられそうなイメージがあるからである。神戸はこれからいよいよ発展しそうだと思う所以《ゆえん》である。

私は大阪も、ぜひそういう町になってほしいと思う。大阪というと、「ヤッタルデー」というような逞《たくま》しい商魂しか連想されないのは、これはまことに遺憾千万である。これからの町は、その名をいっただけで、女の子の血がさわぐような、女がイキイキと生きられる、女がたのしめる、女が気炎をあげられる、女心をそそる町でなくてはいけない。そして青年たちが集まってくる。つまり、女・子供に魅力のあるサムシングがないと、ダメではなかろうか。

しかしこの頃は、大阪にもその胎動が感じられて私は嬉しく思っている。とにかく女たちが、

「なんぞ、やろやないの、ヨソに負けんと——」

といい出しはじめたとき、世の中の文化はあたらしく興《おこ》るのである。女性パワーの動向が景気の盛衰を左右するのではないかと思っている。

それでいうと、昭和四十年代のはじめの新開地は全く女の姿を見なかった。遊廓《ゆうかく》という人肉市場はなくなったものの、どことなく陰惨ななまぐさい風が吹く感じの福原から下りてゆくと聚楽館とその近辺、あるいは市電筋を向いへ渡った入口のへんだけが灯が明るくて、男たちだけが所在なげにうろついていた。パチンコ屋だけがはやっていた。安い小料理屋の店があって、安いだけにまずかったが、湯豆腐だけはいけたから、そこではよく湯豆腐で熱燗を飲んだ。イロイロ食べても千円まででであがった。

東京から雑誌の編集者が来て、私が外の店で飲んでる写真をとるというので、そこへ案内したら、彼らはあまり箸をつけなかった。神戸というから、コーベビーフとか、結構な中国料理があるかと期待したのに、めし大盛り五十円、サンマ、大根だき、ゲソとワケギのぬた、一皿百五十円、などという安直な大衆店でビックリしたのだろう。気の毒なことをした。湯豆腐はたしか百円であった。

その安直なる一品料理屋は、かなり大きかったが、いつも客が満員であった。しかしほとんど男ばかり、それは、また相棒とともによくいった聚楽館向いのおでん屋でもそうで、まれに女性客がいると思ったらオカマであったりした。このおでん屋はたいそう美味しくて私は大好きで、

「今夜、おでんを食いにいこう！」

と夫がいうと、夕食を用意してあっても、私はあいよ、と嬉しがって応じたものだ。おでんは一串五十円から、いちばん高いロールキャベツでも百三十円であった。男がひとりで、ふらりと入って来て、二串、三串のおでんで、一本の二級酒をゆっくり飲み、目をつぶって味わい、最後の一滴までしずくを切り、五百円で釣りをもらって、満足して、また寒風吹きすさぶ夜の町へ出てゆく、私は実にそれを見て感じ入り、(ええなあ、これが文化都市いうもんや)と思った。

このおでん屋は私の嗜好に適《かな》い、私は〝浜辺先生もどき〟やら「書き屋一代」という短篇を書いた。カウンターの中の、銅の大鍋になみなみとおつゆが張られてあって、ぎっしりと浮んでいる大根や棒天や厚揚げ、卵、ひろうず、などは見るからに食欲をそそり、熱燗がずらりと漬けられていて、「お酒！」と呼ばれると、「あいよ！」とすぐ、湯から引っ

こぬかれる。その手際の早さも実にいい。

高級料亭で、ウックシイお姐《ねえ》さんたちに、おそるおそるお酒をたのみ、長い長い廊下を伝って持ってこられる、それにもそれなりのよさはあるが、私は「ねぎまとこんにゃく！」などと叫び、「お酒一本！」というとただちに目にもとまらず目の前へ供せられる、そして女の子が伝票に「正」の字を書いてゆく、あの直截的《ちょくせつてき》なお手軽さが何とも好ましい。

ただ、つくづく思ったのは、客が男たちばかり、という異常さだった。

いまにきっと、こういう店へ働く女たちがやってきて、男・女いりまじって飲み食いするようになるだろうと私は思った。このへんは庶民的な町だから、客たちも突っかけをはいたジャンパーのあんちゃんや、店員、工員さんらしいの、平社員、古手の役人、商店の大将といった人々であった。松竹座に出ている芸人たちも合間に来たので、私は、漫才作家を主人公にした「書き屋一代」を書いた。

相棒の夫は、私が、神戸に住んでいるのだから、いっぺんは「アラカワ」などという一流のステーキ屋へいってみようと提案すると、なま返事でしぶるくせに、「高田屋」のおでんを食べようというと、どんぐり目をらんらんと光らせ、「よしいこう！」と叫ぶのである。

そして私も、いつか新開地に骨がらみ魅せられるようになってしまった。

「高田屋」のちょっと東に、串カツの屋台があった。寒いときに吹きさらしの屋台で、揚げたての串をくわえ、コップの熱燗を飲むのも快適であった。ここの串はとびきり美味しかった。シッカリ者の大将が熟練したさまで、次から次へと串を揚げる。そいつをそなえつけのソースにどぼっと漬けて食べる。おなかいっぱい食べて飲んで七、八百円。「げに楽しみは貧賤《ひんせん》のなかにありとかや」

新開地に接する湊川商店街と、それにつづく湊川市場は、私が神戸にいたころ、よく通った。大家族だったので、毎日の買物はたいへんであった。神戸に住んだ十年ばかりのあいだ、はじめの数年は毎日いっていた。のちに家政婦さんが来たので任せたが、それでも週に二、三度はやはり湊川市場へ通わねばならなかった。

子供たちの食事と、私たちの食べるものはちがうので、毎日献立を考え、牛肉何百グラム、玉葱何コ、という風にこまかく書かないと、家政婦さんは買物をしてくれないのである。

いまの時節は何がシュンなのか、自分で市場へいかないとわからない。週に二度か三度はやはり通うことになってしまう。家から四、五百メートルあるくともう市場で、カスバのごとくまがりくねった上に、神戸特有の坂道や勾配があり、複雑巨大な市場である。およそ売ってないものはほとんどない、ということは前にも書いた。

ここの市場で私が愛用したのに、「ねまき屋」のねまきがある。これも靴屋の「ハイテヤ」と相伯仲する、上出来の店名である。ねまきを売るから「ねまき屋」、物ごとはすべてこう単純であればいいと思う。

長田弘さんの物語エッセー「サラダの日々」には、ふしぎな骨董《こっとう》屋「何やか屋」というのがでてくるが、店名、というのは実に、店主の哲学を物語る。

ここのねまきを教えてくれたのは、夫の妹、つまり小姑であった。

「ネエチャンは、ここで皆のねまきを買《こ》うてました。丈夫で親切な品物や、いうてはったわ」

ネエチャン、というのは彼女の義姉で、夫の先妻のことである。この死んだ先妻は小説書きで、私が芥川賞をもらったとき、直木賞の候補になった（その半年あと急死した）。私も二、三べん会ったことがあり、昭和三十年代はまだ、阪神間に女の物書きが少なく、いい話相手ができたとよろこんでいたところであった。マサカ、彼女の亭主と三年のちに結婚するようになろうとは夢にも思わない。与謝野晶子の歌に、

「をかしかり此《これ》より君をさそひしと万人の云《い》ふさかしまごとも」（「佐保姫」）

というのがあるが、晶子は自分の方から鉄幹を誘ったのではないと、おかしがっている。

私のときもよく、「子供を抱えて困っているヤモメ男に同情して」と見てきたようなことをいう人があったが、私はもうそのとき芥川賞をもらっていたので忙しくなり出して、ヒトの亭主だった男に関心なんか、持ってられなかったのである。ところが南方海上諸島うまれの男ときたら、ロマメで根気のいいこと、陽気で押しの強いこと、おどろくばかりである。「アンタはワシといると、一生おもしろおかしく暮らせるでェ」の一点ばりでズンズン押しまくられて寄り切られてしまった。

——なんの話や。

「ねまき屋」を小姑に教えられて、私はさっそく買いにいった。特別に縫製していて、丈夫で親切な仕上がり、ほんとにヨソにはない良心的なねまきであった。

ねまきだけではない、料理も、

「ネエチャンは、こんな酒の肴をつくってました」

と小姑は教え、それは古漬けの高菜を炒めて唐がらしをちょっとふってピリリとさせるというもの、やってみるとなるほど、ちょっといける味であった。

「ネエチャンはここでお漬物、買うてました」

と小姑は湊川市場へ私を連れていって指示し、なるほどそこのは、産地直送というのか、田舎漬け一本槍で、年がら年中、それだけ、たしかにヨソより美味しくて安い、さすが十年あまりの主婦のチエはちがうと私は感心して、暗示によわい私は、教えられたところへいつも買物に出かけた。

　この市場は「明石の昼網」と札をたてて、尼崎よりも新鮮な魚が並ぶ。イワシやアジ、サバといったものから、タイ、サヨリ、キス、魚だけは、日によってちがうから、私が出かけていって見なければいけない。エビなんか跳ねて跳ねて、どうしても計量できなかったりする。サザエをいっぱい買いこみ（何しろ子供の数が多い）、ガスで焼くのだが、焼けるのをまちかねて兄弟ゲンカがはじまり、喧騒《けんそう》なることいわんかたなし、私は新しいイワシのワタを指でとって開き、山盛りのフライにしたり、生姜でたいて、あとのお汁でおからをたいたりして、主婦業を面白がっていた。

　はじめて週刊誌に連載したのもこのころで、それは「猫も杓子も」だったのだが、昭和四十年代後半には、新聞連載がいっとき二つも重なり（「すべってころんで」と「求婚旅行」だった）、それでも毎日の主婦業をこなし、四人の子供に食事は与えていたのだから、人間の四十代というものは底力のあるものだ。人間がいちばん力を出せるのは、三十代後半から四十代いっぱいではないかと思うのだが、しかしその反面、力を出しきって「ぶつん」と切れるのも、その年代であるようである。

ただそのころの私に、尽きることなく力を与えてくれたのは、住む町の猥雑なエネルギーと、それに、神戸のもっているもうひとつの顔、ロマンチックなムードだったのではなかろうか。若い女の子むけのファッション誌にも、まだ「神戸」がとりあげられることが少ないころだった。私はもともと、ロマンチックが大好きなので、港や六甲山や須磨《すま》の風趣を好んで、「窓を開けますか？」や「夜あけのさよなら」という女の子むきの小説も書いた。書く舞台も素材も、神戸にはいくらもあった。

生きていることがそのまま小説になりそうだったのは、昭和四十年代の神戸だった。神戸から中央は遠かったころで、神戸独特の気分が、もうそのころからつくられていて、この町は独特の、ゆったりした感じがあった。

陳舜臣さんが「ここ（神戸）にいてたら、あんまり居心地ようて仕事する気にならへんようになってしまう」といわれたのを聞いたのもそのころである。陳さんは神戸のお育ちだから免疫性がおありになるのだが、ヨソの町から来て住みつくと、あまりの居心地よさに骨ぬきになってしまう。画家の岡田嘉夫氏はそれで逃げ出して東京へいかれた。

これで神戸の項は終ろうと思っていたが、せっかくのところ、神戸のロマンチックな部分を落しては、神戸の町自体への敬意を欠くと思われるので、そのへんを紹介しておきたい。

いまはもう、異人館通りなど、日曜も週日も問わず大混雑であるが、ブームになる前は北野町界隈、しずかないい住宅街であった。

私は結婚生活のはじめ、諏訪山《すわやま》の異人館に住んでいた。夫は異人館で私を釣ったといってもよい。大家族の中へいっぺんに抛りこんだらビックリしよるやろ、だんだんにならして、という意図があったのかもしれない。

諏訪山は神戸の真上で、私の家の庭から中突堤が目の下にみえ、夜は沖縄ゆきの船が灯をつけて出ていった。大きい洋館で、古風なヨロイ扉のある窓は海に向って開かれ、背山にくる小鳥たちは庭に群れた。

晴れた日は淡路島《あわじしま》も見え、海も空も手いっぱいにあふれて人生になだれこんでくる感じ、こういう美しいながめはむしろもう、人を頽廃《たいはい》させる。私はこんな異人館に住んでいると、生きる張りを失《な》くして、毎日、呆然としてしまった。こういう幸福は、働きざかりの人間が味わうものではなかった。人生を退役した人が享受すべき幸福だ、としみじみ思った。

そこに住みつかなかったのは、しかし、その美しさのせいではなくて、実生活では不便だからである。それだけの眺望をほしいままにするのだから、物すごい坂道を登らなければならなかった。石段なので車も上れない。

いまの神戸の観光名所になっている異人館のほとんどは坂の上にあり、車が門前に止《と》まる家は少ない。「うろこの家」なんか、私にはとても住めそうにない石段のてっぺんにある。夫が買ってくれたその諏訪山の異人館もそうであった。

それから、異人館は天井が高いので、冬の寒さはたいへんなものである。少々の暖房では追いつかない。一階も二階も広くて、全部のヨロイ扉を開けてるだけで一時間ぐらい掛ってしまうという家で、外から見るとツタのからまる美しい洋館だが、実際に暮らすには大変であった。

しかし私は海の見える洋館が好きで、その情趣をたのしんだあまり、たくさん、女の子むきのロマンチック小説が書けた。私はいまも思うのだが、洋館のロマンスというのは遠くにあって想うもの、そして悲しくうたうもの、なのである。

神戸は山と海のあいだがせまいので、坂の上に住まねばならぬ必然的な宿命を負うが、それが独特の雰囲気をかたちづくる。私は生活の便利さの方をとって、下町に住み、気苦労の多い大家族の中に暮らして、海の見える洋館のムードを恋しがりながら、せっせとラブロマンスを書いていた。もし私があのまま異人館に住んでいたら、もうペンを折っていたにちがいない。小説を書くより、自分自身が主人公になってしまったように、ムードに酩酊《めいてい》してしまう。それを誘うものが神戸にはある。神戸を観光にくるお嬢さんたちを見ていると、ロマンに積極参加する弾みが感じられ、京都や奈良の観光とはまたちがう雰囲気がある。

# おわりに

島本理生

本書を編纂するにあたっては、当初、方向性について多少思い悩んだ。

田辺聖子の作品集はこれまでにも多数出版されており、令和においても彩り豊かな魅力を放っている。時を経てなお読者を楽しませる大衆性を失わない作品を生み出すことは容易ではない、稀有な作家の一人である。

そんな田辺聖子流の女の一生を存分に味わう一冊はどうか。そう考えたところから収録作選びは始まった。

発想のきっかけとなったのはエッセイ『神戸』である。

「女がひとりで飲みたくなるときが多くなってくる」「男たちとそっくり同じことを女がやるようになっている」等々の示唆に富んだ暗示は、まさに今の時代を言い表しており、その見通しの良さに驚かされる。

田辺聖子といえば恋愛小説の名手であるが、「ニッポンにあるのは、男と女のオトナの世界ではなく、お袋と息子の親子の世界がすべての心情を支配している」「オトナの基盤がないと、真の自由も幸福もない。性の本当の喜びも解放もありはしない」といった切れ味抜群のエッセイの名手でもあったこともこの機会にまた知ってもらえたら嬉しいと思った。

『女流作家をくどく法』と『愛の周り』は、それぞれに著者らしい仕掛けが張り巡らされた短編だ。

『愛の周り』の工藤は女性たちに体よく利用されてもスケベ根性を捨てきれず、ベティおばさんこと秋川にも奢られて褒められるうちにうっかり楽しくなってしまう。病院や六甲のマンションを行き来する道中でちょいちょい引っ掛かりつつも「秋川さんの、横楕円の顔に流れるいい表情に慣れてしまった」のだから、なかなかの流されっぷりだが、ラストはあたたかい気持ちになる。

近頃では男女共に外見に気を遣い、仕事も出来て当たり前、失敗すれば自業自得、という自責思考が少々いきすぎているように感じられる。

本来、人間はもっと適当だったはずだ。なあなあで流されているうちに案外上手くいって幸せになることもある。破《わ》れ鍋に綴じ蓋ということわざもあるのだ。

『女流作家をくどく法』も「女流作家は男前が好き」などという風説に対して、べつに男と女はそれだけじゃないですよ、とさらっと肩透かしを食らわす小気味よさがいい。

『鉄の規律』は、あっさりとした文体が逆に怖い読後感をもたらす。

主人公の山川は、「正義人道、ヒトのミチのために憤っているのだと思う。しかし、本当は、嫉妬なのだ。自分でも分っているから、みじめだ。」と考えるが、職場の仲間程度のみさをにそこまでの嫉妬を向けて、部長共々執拗に追い込むほどのことだろうかとも少し首を傾げたくなる。山川は匿名性を利用して電話をかけ続けるが、たった一本の自分がかけていない電話にはぞっとするところもかえって不気味だ。

それはさながら現実に殺人事件が起これば恐ろしい悲しいと言いながら、インターネット上では一方的な正義感から一人を追いつめて死に至らしめても、殺人に加担したという責任をさほど感じることなく日常を続ける人々のようで……。『鉄の規律』は正しさのバランスがおかしくなった平凡な人間の異様さをミステリー風に描き出し、それは現代にも通底する人間の暗部に思える。

『感傷旅行《センチメンタル・ジャーニイ》』の有以子は、ヒロシいわく「安才女の鼻もちならぬ俗っぽさ」で「まちがったドアをあけてはいってくる、そそっかしい宿なし」だが、その隙だらけの生き生きとした迂《う》闊《かつ》さこそが、読者の共感を呼び起こす彼女の魅力とも言える。それに有以子は感情の赴《おもむ》くままに喋っているようでいて、その言葉には彼女なりの理がある。

ヒロシに対して吐露する「酒蔵で寝ようが、便所でキスしようが、そんなことが愛の本質となんの関係があんのよ！」という台詞は、単に恋愛にだらしなく優柔不断な男だったケイが「実存主義者」という大仰な表現を使って繰り出した自己弁護に対する、鮮やかなカウンターである。そう言い切る有以子のほうがよほど実存主義を体現しているとも言えるからだ。

別れを切り出すケイに対しても、「あたしも大衆のひとりじゃないの、ひとりの人間も救われないような人が、数千万の大衆が救えるの？」とすかさず切り返す有以子はじつは十分に強く、聡《さと》いのだ。私は今は愛に破れて去っていく彼女がいずれ大成する未来を想像した。

第五十回芥川賞を受賞した『感傷旅行』はいま読み返すと、「はじめに」で紹介した『十八歳の日の記録』の書き方とも共通する点が多い。饒舌《じょうぜつ》な文体、女性に対する辛辣《しんらつ》なほど巧みな比喩、使命感で熱に浮かされたような力強い語り口調など、通俗的なストーリーの向こうに一人の少女が戦中戦後にかけて体で覚え知った時代が焼き付けられているようだ。その生きた空気感こそ、本作が芥川賞受賞作に選ばれた重要な要素の一つだったように思う。

同賞受賞時、この作品を推した石川達三は選評で次のように書いている。

「軽薄さをここまで定着させてしまえば、既に軽薄ではないと私は思う。これは音楽で言えばジャズのような、無数の雑音によって構成された作品であり、そのアラベスクの面白さは「悲しみよ今日は」を思い出させる。（中略）しかしこの作者の危険は、こうした作風が間もなくマンネリズムに陥り易いということである。このような形式で書かれる作品がやがては読者に同じような印象しか与えなくなり、同じことばかり書いているような感じになるだろうということが考えられる。」

石川の「ジャズのような」という比喩は、作品のみならず田辺聖子の本質を巧みに言い表しているように思う。なぜなら型通りの演奏から逸脱して作品を奏でるには、その土台となる努力が不可欠だからである。興味深いのはマンネリズムに対する警告である。なぜなら田辺聖子作品の強度と普遍性は、むしろそのマンネリズムの中の解像度にあると私は考えるからだ。

一見、色彩の近い物語に、市井の人々の唯一無二の人生の幸福や哀切が子細に書かれている。だからこそ読者は安心して飽きない面白さを味わうことができる。小説とは、人を書くものなのだ。生涯、彼女が作家としてどれだけ熱心に人を見ていたかは、二〇〇七年の「民医連新聞」に掲載されたインタビューからも窺い知ることができる。

「若い女の子には、お料理を楽しむのと同じように、人への興味を持ってほしい。「けったいな人」や「風変わりな人」やと思う人も、いろんな経験を積んでそうなるに至ったのね。じっくりつきあい、観察してると「この人はこの人で一生懸命なんやな、いいとこあるるやんか」って見つかる。何かの拍子に、新しい一面を発見して「そうか」と、思っていると、相手もきっとこちらの何かを発見しています。」

その誠実な好奇心は、今も読者を幸福にする細部に宿っている。

また同インタビューの中で著者は働く三十代女性を書くことについて、

「終戦を二〇歳過ぎで迎えた人たちは、かわいそうだった。結婚すべき年齢の男の人たちは、戦死しちゃってほとんどいなかったの。そういうのを見ていて、ハイミスだって恋はするし、夢も希望もある。「戦争の犠牲者」なんて、難しいことは言わないけど、そういう人たちの気持ちを書きたかった」

とも語っている。

『夢煙突《チムニー》』『篝火草の窓』は女の若かりし頃と老年に差しかかった頃の、誰にも打ち明けることのない関係と感情を繊細に描き出した短編だ。一期一会の大切な時間が叙情性を伴って読み手の胸に流れ込んでくる。

結婚間近の多美と独身の瑠璃は一見対照的だが、結婚とはけっして相手のすべてを知りえることではない、という真実が角度を変えて映し出されている。

老いも若きも、生きることは体力を要する。

松本氏との思い出を振り返りながら結婚する多美も、広島へ行く塚田をさっぱりと送り出す瑠璃も、柔らかな情緒を持ちながら、ふてぶてしく逞《たくま》しい。そして「小野篁のように、時間を超越して飛天遊行する」女も、そこにシクラメンの鉢を抱えて飛び込んでくる男も、誰もかれもが生きているだけでありがたい、かけがえのない存在だと思える。田辺聖子流の人間賛歌が、作品の隅々まで満ち溢れている。

底本

「夢煙突」　『夢渦巻』（集英社文庫　一九九七年十月刊）
「愛の周り」「篝火草の窓」　『ほどらいの恋』（角川文庫　二〇〇〇年七月刊）
「感傷旅行」　『感傷旅行』（角川文庫電子書籍　二〇一四年一月刊）
「女流作家をくどく法」　『宮本武蔵をくどく法』（講談社文庫　一九八八年四月刊）
「鉄の規律」　『世間知らず』（講談社文庫　一九八二年五月刊）
「神戸」　『食べるたのしみ』（中央公論新社　二〇二三年一月刊）

編集付記

一、明らかな誤植と思われる語は訂正し、難読と思われる語にはルビをふった。

一、本文中には今日の人権意識に照らして不適切と思われる表現が見受けられるが、著者がすでに故人であること、執筆当時の時代背景と作品の文化的価値に鑑みて、底本のままとした。

中公文庫

掌《てのひら》の読書会《どくしょかい》

島本理生《しまもとりお》と読《よ》む　田辺聖子《たなべせいこ》

2025年3月25日　初版発行

著　者　田《た》辺《なべ》聖《せい》子《こ》

編　者　島《しま》本《もと》理《り》生《お》

発行者　安部順一

発行所　中央公論新社
〒100-8152　東京都千代田区大手町1-7-1
電話　販売 03-5299-1730　編集 03-5299-1890
URL https://www.chuko.co.jp/

ＤＴＰ　平面惑星
印　刷　三晃印刷
製　本　小泉製本




Published by CHUOKORON-SHINSHA, INC.
Printed in Japan　ISBN978-4-12-207630-3 C1193

# 中公文庫既刊より

各書目の下段の数字はISBNコードです。978－4－12が省略してあります。

は-54-5
掌の読書会 柚木麻子と読む 林芙美子
林 芙美子
柚木 麻子 編
「おフミさん」のふてぶてしさに何度も元気づけられた——作家・柚木麻子が、数多く残された短篇・エッセイから一二篇を選び、魅力を語る。〈解説〉今川英子
207367-8

く-3-3
掌の読書会 桜庭一樹と読む 倉橋由美子
倉橋由美子
桜庭 一樹 編
六〇年代、衝撃のデビューを飾り、孤高の文学世界を創造した倉橋由美子。その短篇・エッセイから桜庭一樹が厳選し魅力を語る。〈対談〉桜庭一樹・王谷 晶
207453-8

た-28-21
ゆめはるか吉屋信子 秋灯机の上の幾山河（上）
田辺 聖子
大正、昭和と絶大な人気をほこった小説家・吉屋信子。少女時代から敬愛してやまない著者がその真の姿を描き尽くす本格評伝。上巻は『花物語』執筆と青春時代。
207378-4

た-28-22
ゆめはるか吉屋信子 秋灯机の上の幾山河（中）
田辺 聖子
大正九年、長篇小説が認められた信子は流行作家の道を歩み始める。林芙美子や宇野千代、パートナー門馬千代らとの交流を描く本格評伝にして近代女性文壇史。
207395-1

た-28-23
ゆめはるか吉屋信子 秋灯机の上の幾山河（下）
田辺 聖子
少女小説から出発した信子は歴史小説へ辿り着く。晩年ますます佳作を送り出し筆を擱くことのなかった作家の本格評伝、全三巻完結。〈解説〉上野千鶴子
207404-0

し-46-3
Ｒｅｄ
島本 理生
元恋人との快楽に溺れ抑圧から逃れようとする塔子。その先には、どんな結末が待っているのだろう——。『ナラタージュ』の著者が官能に挑んだ最高傑作！
206450-8

し-46-4
２０２０年の恋人たち
島本 理生
楽しいときもあった。助けられたことも。だけどもう、いらない。母の死後、葵が選んだものは。本屋が選ぶ大人の恋愛小説大賞受賞作。〈解説〉加藤シゲアキ
207456-9